"北极光诗系"编委会

主　编：王柏华　董伯韬

"经典译丛"
主　编：海　岸　董伯韬
副主编：茱　萸　姜林静

"当代译丛"
主　编：顾爱玲　王柏华
副主编：包慧怡　秦三澍

蛾子纷落的时刻

诺拉·尼高纳尔诗选

Am Lonnaithe na Leamhan:
Rogha Dánta Nuala Ní Dhomhnaill

邱方哲 / 译

北方文艺出版社

爱尔兰文学会资助图书

图书在版编目（CIP）数据

蛾子纷落的时刻：诺拉·尼高纳尔诗选/（爱尔兰）尼高纳尔著；邱方哲译.——哈尔滨：北方文艺出版社，2016.5

ISBN 978-7-5317-3565-6

Ⅰ.①蛾… Ⅱ.①尼…②邱… Ⅲ.①诗集－爱尔兰－现代 Ⅳ.①I562.25

中国版本图书馆CIP数据核字〔2016〕第066369号

蛾子纷落的时刻
Ezi Fenluo de Shike

作 者/（爱尔兰）诺拉·尼高纳尔	译 者/邱方哲
责任编辑/宋玉成 聂元	封面设计/袁 洁 班 婕
出版发行/北方文艺出版社	网 址/www.bfwy.com
邮 编/150080	经 销/新华书店
地 址/黑龙江现代文化艺术产业园D栋526室	
印 刷/北京诚信伟业印刷有限公司	开 本/880×1230 1/32
字 数/130千	印 张/6.75
版 次/2016年5月第1版	印 次/2016年5月第1次印刷
书 号/ISBN 978-7-5317-3565-6	定 价/45.00元

总　序

"望夏日长空,即为诗,虽然不在书页里。真正的诗,逃逸。"(艾米莉·狄金森)

诗,跟语言一样古老,甚至更为古老。诗,是无声胜有声,是木叶无语纷纷落。诗,是两个默契的人说话,说着说着,进入沉默。"人,诗意地栖居"。诗是凡躯出生入死的本相,因而不妨说,每个人都是诗人,都默契于诗,虽然你常常忘了,因而也被遗忘。

像暗夜中的北极光闪现,照亮虚空中的虚空,让无声者发声是诗人的天职。诗人体悟沉默,更痴迷于语言,他/她的心灵更为敏感,每当情动于衷,不能自已,遂在语词的密林里耕耘,让语言从其根部发出颤音,让天地人神共鸣。

好诗是有强度有张力的语言,一首好诗有时恰如一个有力的扣球,它不想打败读者,它希望读者把球接住。因而,诗之美不必优美,不唯抒情,更远离滥情。对于一首好诗,读者理应有更高的期许,远非轻松的消遣和抚慰,更不是可有可无的装点。好诗磨砺读者的感性,带你走入陌生和惊喜。

"北极光诗系"邀您重读经典,并推介当代新篇。其中,"经典译丛",主要精选老翻译家的经典译作。百年来,外国诗歌经典经受了翻译的考验,有磨损有变形有创造,为中国文学引入了新的观念、新的感性和新的表达,参与了中国新文学的发展,并已成为中文经典不可分割的一部分,这一份财富需要代代传承。与此同时,伴随语言和感性的日益更新,也需要鼓励新译者尝试经典重译,我们相信,经典经得起一读再读,常读常新,常译常新。

"北极光诗系"之"当代译丛"推介当代世界诗歌精品,特别是在世界诗坛被充分认可,享有定评而鲜有中译本的诗人诗作。这是一块尚待耕耘的土地,需要出版家的胆识和情怀,也需要新一代译者继往开来、不懈努力。

经典或许不是你正在读或打算读,而是你正在重读或打算重读的书;而每一部经典都曾经是当代新篇,来自鲜活的当下,在读者的阅读中走进历史,成为经典——

为永恒驻足,

为甜蜜与光明留步,

走进经典,

朝向诗与生命的极处。

编 者
2016 年 5 月

译序：一根歌唱的骨头：诺拉·尼高纳尔·1

拉比示答·1

我们有罪了，姐妹们·4

莫尔受难·7

父　亲·9

母　亲·11

狐　狸·13

在异乡流产·15

孕育之四·17

哺　育·18

城市烛光·21

僧　侣·23

骨　头·25

夜　渔·27

岛　屿·29

旅　途·31

晨　歌·33

破娃娃·35

奇　草·37

我的挚爱·40

流　沙·42

窄　巷·43

坛　城·46

音　乐·50

树·53

花　儿·56

花　姬·58

你·61

凯特琳·63

开　棺·66

致梅丽莎的诗·70

冬日海滩·72

李尔的孩子们之死·73

芬诺拉·76

节　庆（组诗）·78

航　行（组诗）·84

圣诞晚餐·101

纪念埃莉·尼高纳尔（1884—1963）·104

山楂树 ·107

可怖的艾妮·109

卡宾梯利即景 ·111

黑　暗 ·113

黑王子·117

海　马 ·121

圣　伤·126

我坠入爱河 ·129

诗·131

香农河的欢迎词·133

屯　湖·135

媚芙宣战·141

库呼兰之二·143

珀耳塞福涅·145

美人鱼·147

不寻常的承认·150

水的记忆·153

医院里的人鱼·156

人鱼与文学·159

人鱼的创世神话·161

人鱼和敏感词·164

人鱼和传染病·167

人鱼重生·170

语言问题·172

附录：译诗原文标题·174

译序：

一根歌唱的骨头：诺拉·尼高纳尔

诺拉·尼高纳尔（Nuala NíDhomhnaill）被誉为当代最杰出的爱尔兰语诗人，她著有多部诗集、散文集，屡获国际诗歌奖项，并曾担任国家诗歌教授（2001—2004）及首任爱尔兰语诗歌教授。她的诗歌常被选入爱尔兰高考题目，并被翻译成包括德语、波兰语和日语在内的多种语言。她的创作手稿由波士顿学院伯恩斯图书馆珍藏。

"爱尔兰语诗人"这个称谓对于汉语读者而言可能还相当陌生。尼高纳尔在爱尔兰本国得到的赞誉和推崇，跟她坚持使用爱尔兰语写作，并且将爱尔兰语诗歌推到了前所未有的深度和广度是密不可分的。然而爱尔兰诗歌和爱尔兰语诗歌有什么区别？爱尔兰语文学出自怎样的一种传统？要理解尼高纳尔的诗歌，必须先把握两方面的背景，一是爱尔兰语的历史和处境，二是尼高纳尔自己的人生经历。

一

爱尔兰语作为拥有四百多万人口的爱尔兰共和国的官方语言，其生存境况其实并不乐观。尽管一百多万人声称自己对爱尔兰语有各种程度的掌握，但能够完全流利使用并以其作为日常交际用语的人口可能只有两三万，还集中在偏远的几处所谓"盖尔语区"（Gaeltacht）。在社会生活的方方面面，英语都是首要的通用语言，不管爱尔兰语再地道，在社会交往、参与公共事务、娱乐休闲的时候，都很难避免使用英语。相比之下，爱尔兰语的学校、媒体和文学更是少得可怜，而且质量参差不齐。政府公文法律被翻译成爱尔兰语，然后就束之高阁。更有甚者，道路和公共设施的标识牌上，常写着正确的英语和错误的爱尔兰语。如此种种，爱尔兰语经常被拿来当作强势的英语侵蚀取代民族语言的范例。

爱尔兰语属于印欧语系凯尔特语族，虽然跟英语在五千年前同属一个祖先，但现在跟英语的区别，就跟俄语和英语的区别一样大。凯尔特人曾经叱咤欧洲，奥地利、法国、不列颠和爱尔兰都一度是凯尔特语言的天下。罗马帝国征服了欧洲大陆和不列颠南部的诸多民族，却从未踏足爱尔兰，由此爱尔兰无论在社会组织、语言文化，还是农业、军事上，都走上了一条与西欧大部分地区截然不同的发展道路。公元5世纪后基督教的传入和书写的普及使得爱尔兰进入了文化的黄金时期，被誉为知识的灯塔，培育出大批僧侣到欧洲各地传教讲学和开办修院。同时，爱尔兰的知识阶层创作了海量的文本，而其中大部分都是用爱尔兰语书写的。这些文本包罗万象，既有传统的经书和解经学，又有迷人的传奇故事和诗歌，还包括法律、医学、历法、家谱等等。爱尔兰中世纪文化大爆炸留下的成果足以傲视全欧。举例说，单只一部基于《圣经》故事的韵诗，其长度就超过了所有古英语诗歌的总和。虽经过数百年的流传而残缺不全，爱尔兰本土法律现存的篇幅比中世纪整个西欧颁布过的成文法加起来还要多。

9世纪的维京骚扰，12世纪的诺曼英国入侵，都没能阻碍爱尔兰语文化继续繁荣。尤其值得一提的是13世纪后发展至高度成熟的爱尔兰语诗歌。这种所谓的"严艺"（Dán Díreach）诗歌有着极其复杂的格律要求，以至于每一行内每一个带重音的词都必须按照规则跟另外的词押头韵、尾韵或辅音韵，在意象、主题和辞藻上都有完善的评判标准。这种带着枷锁舞蹈的艺术不仅受到爱尔兰贵族的钟情和赞助，还风行于维京和诺曼英国后裔的贵族中间。经过漫长而严格训练能够创作"严艺"诗歌的诗人在中世纪晚期的爱尔兰社会中享有崇高的地位和特权，得到贵族的尊敬和供养。从13世纪后流传至今的韵诗大约有三千首，然而大部分诗属于口头创作，不曾被记录下来，手稿也绝大部分佚失。按此估计，说1200—1700年五百年间约有三十万首完善的诗歌被创作出来，是毫不夸张的数字。全唐凡三百年，人口数千万，传世诗约五万首，按比例而言，数目尚不如当时爱尔兰一百万人口产生的诗歌。

然而发达的爱尔兰语诗歌传统并没有被现代的诗人直接继承。英国殖民统治的隔离政策使得爱尔兰长期游离于欧洲的整体历史进程之外，没有经历过文艺复兴、启蒙运动、浪漫主义等一波波新思想的熏陶和冲击。直到17世纪，爱尔兰由本土盖尔贵族统治的地区在政治、技术和文化上跟四百年前几无区别。爱尔兰语文学在这种人为的"漫长的中世纪"中固然不受打扰，保持原始面貌，但也错过了吸收外来营养进行革新和丰富自身的机会。事实证明这样的"处女地"是非常脆弱的：缺乏对话的诗歌难以得到外人倾听。一旦诗人依附的本土贵族被铲除，诗歌传统就失去了存在地位。当亨利八世和伊丽莎白一世厌烦了爱尔兰贵族的反复，出兵没收他们的土地时，诗人便失去了庇护人和鉴赏者，他们突然发现跟斯宾塞和莫里哀相比，自己跟新社会如此格格不入，没受过现代教育，没能把握欧洲的风潮，没有成熟的出版产业和足够的识字人口支持独立文学创作。于是在本土贵族阶层式微后，爱尔兰语文学迅速消亡。

到19世纪，爱尔兰悠久的文学传统几乎只剩下在民间口头流传的歌谣、历史和传说；即使只是这些，其数量和质量仍相当可观。没有了知识精英的主持和引导，爱尔兰语文学像野花一样盛开在田边地头、天涯海角，在现代化的诱惑和压力下每过一代，就流失一分。从1820年到20世纪20年代爱尔兰独立，英语的同化、政府的歧视政策，加上大饥荒带来的死亡和移民，使得讲爱尔兰语的人口从全国人口的一半锐减到不足一成。爱尔兰小小岛国，文豪辈出，仅诺贝尔文学奖获得者就有叶芝、萧伯纳、贝克特和希尼四位，还有王尔德、乔伊斯和托宾等蜚声国际的作家。尽管他们常常（声称）从古代爱尔兰语故事和诗歌中汲取灵感，却都不是用爱尔兰语创作，在写作传统上也被归为所谓的盎格鲁—爱尔兰文学（Anglo-Irish literature）。以爱尔兰语写作的优秀作家，像帕特里克·奥康奈尔（Pádraic Ó Conaire）、马丁·奥凯恩（Máirtín Ó Cadhain）、弗兰·奥布赖恩（Flann O'Brien）以及尼高纳尔本人，往往不被国外读者所知。

独立后的民族主义政府把爱尔兰语奉为国语，把残存的盖尔区生活方式和口头传统视作民族精神的寄魂所捧上圣坛，殊不知这种浪漫化的形象既阻碍了普遍贫困的盖尔区的发展，又使得区外的民众将爱尔兰语等同于落后和愚昧的往昔艰辛生活而避之不及。叶芝这位最广为中国读者热爱的爱尔兰诗人在此中是重要推手。他本人用英语写作，出身于新教徒的城市新贵阶级，却常常歌颂神秘、简单而自足的"爱尔兰精神"。尼高纳尔针对叶芝著名的文学形象，被当作爱尔兰民族象征的凯特琳·尼胡里痕写过一首诗（《凯特琳》），把她重新塑造为抱紧过去不放的陈腐老妪：

她总是喋喋不休讲那些陈年往事

> 一边踩着沾满露水的高跟鞋
> 在周日早上砰砰骚扰乡里。

数十年来,古板的语言政策强制学校教授爱尔兰语,却没有为学生提供任何在现实里而非民族主义梦幻中值得学习的理由。同时,对盖尔语区的保护和扶助常常带有让其成为传统"活化石"的意味。尼高纳尔清楚地认识到这对于盖尔区的文学遗产无异于再次创造一个"漫长的中世纪"的温室,最终导向爱尔兰语文学的脆弱灭亡。她在《人鱼和传染病》里表达了担忧:

> 当今的流行病学家
> 称他们为"处女地人群"。
> 但是那个时候大家的理解
> 是遭受了精灵的诅咒。

上岸的人鱼族暴露在从未接触过的种种疾病面前,毫无抵抗之力,而更可悲的是人们在观念上完全没有准备好迎接转变。如果爱尔兰语文化继续被当作与现实无关的"活化石"隔离在展柜里,那么迟早要面对这种命运。

尼高纳尔一直身体力行地创作与爱尔兰之外的传统对话的、与现实生活密切相关的诗歌,正是为了挽救她心爱的母语。她的诗题材多样,既取材于古代文学和乡间生活(《库呼兰之二》《李尔的孩子们之死》《窄路》），又有个人的情感和经历（《黑王子》《僧侣》《在异乡流产》），还具有强烈的女性独立意识（《我们有罪了，姐妹们》《骨头》）和国际视野的现实关怀（《卡宾梯利即景》《黑暗》），极大地改善了此前爱尔兰语诗歌聚焦于本地和传统的短浅目光。她的语言充满了表达张力，大量使用谚语、习语和民谣式的元音、辅音和韵，与学校教授的干巴枯燥、一板一眼的"复活版爱尔兰语"构成鲜明对比。有批评者反对她在爱尔兰语行文中夹杂英语或其他语言的单词，认为这样破坏了爱尔兰语的纯洁，然而仔细想来，英语诗中，又何尝不是常常夹带法语、德语、拉丁语的词汇呢？一种语言的活力恰恰在于它吸收和融合其他语言的能力，鼓吹"纯粹、典范"的爱尔兰语，不过是把爱尔兰语当作民族文化僵尸的又一表现罢了。至少从我作为爱尔兰语学习者的感受来看，尼高纳尔的爱尔兰语是我读过最有活力、最具韵律的之一，她实实在在地让这具"僵尸"坐起来，大胆地开始跟各种试图将她盖棺定论的人顶嘴。

二

要同时从内外两个角度去理解和批判盖尔区的传统文化，没有比尼高纳尔更理想的人选了。诺拉·尼高纳尔于1952年出生在英国兰卡舍郡一个煤矿小镇上，父母都是医生。她的母亲艾琳来自爱尔兰西部凯里郡盖尔区，属于当地第一批能读上中学的女孩。艾琳家世代都是佃农,她的父母殷切期待着孩子们除却在田间劳作或者移民美国做苦工的命运外,还能有更体面的选择:"好好念书,脚上就不用沾满牛屎",她父亲如是说。教育在当地意味着讲英语,进城出国,斩断一切跟贫困家乡的联系。艾琳非常争气,一直念上了医学院,在英国开办了自己的诊所,成功地摆脱了盖尔区的出身。视爱尔兰语为贫贱落后的想法在艾琳心里挥之不去,以至于尼高纳尔第一次发表爱尔兰语诗歌时兴奋地向母亲报喜,艾琳却担忧她干这等"没前途"的事情。艾琳(和其他同时代人)对自我语言之根的否定,反映在《人鱼与敏感词》里:

> 别跟她提"水"这个词
> 或者任何跟海有关的字眼:
> ……
> 她唯一的噩梦就是
> 回忆起
> 上岸获得重生之前
> 的水下生活。

尼高纳尔的父亲也来自凯里,在兰卡舍郡的医院工作。他并不像妻子那样在工作中得到尊敬和快乐。20世纪40年代的英国仍然充满对爱尔兰人的歧视,他的同事尤其爱拿他开涮排挤。于是当爱尔兰中部涅纳赫镇招聘外科医师时,他(没有过多考虑妻子儿女的感受）便踊跃申请。

艾琳果不其然极力反对，最重要的原因是当时爱尔兰仍禁止已婚妇女工作。天主教在与信奉新教为主的英国殖民者的斗争中变成了民族的象征，独立后的爱尔兰自然常年被天主教会的阴影笼罩，不仅教育几乎全为教会一手把持，在政策上也倾向建设一个"传统、虔诚"的社会：极端强调家庭责任和性别分工，歌颂纪律与妇德，禁止堕胎、离婚和各种"出格"的举动。教会认为为了儿童的福祉，已婚妇女就应该待在家里多多生育，相夫教子，因此政府立法规定已婚妇女不得担任公职，这一法令直到1977年才取消。上行下效，各行各业也都几乎不再雇佣已婚妇女，谁要是结了婚还出来工作，就难免被人指指点点，说她不负责任、自私、漠视孩子。作为一位小有名气的医生，艾琳很难接受职业生涯的突然结束，更何况她曾经费那么大劲，就是为了逃离充满桎梏和不平等的爱尔兰。

可是她拗不过丈夫。1957年他们搬回爱尔兰，在安家的忙乱中，年仅五岁的尼高纳尔被送往凯里乡下的姨妈家寄养一年。这段经历是尼高纳尔生命中的第一个重要转折，让她从此找到了自己的声音。姨妈家处在盖尔区的丁格尔半岛，彼时尚未通水电，过的恰是那种浸淫于深厚传统的田园生活。小诺拉很快就掌握了爱尔兰语，跟大家打成一片。她尤其喜欢听乡里的长者讲故事。爱尔兰千年的文学积淀在这些农民嘴里被演绎成一幕幕生动跌宕的传奇，他们对本地地理风情的熟稔无人能及。地名传奇（Dindsheanchas）是他们最喜欢讲述的题材。爱尔兰的每一片树林，每一条溪流，每一处山谷，甚至每一块大石头的名字，在民间记忆中都有着曲折的背景故事："魔里汗的炊锅"是夺牛英雄征途上遇见战争女神的地方，"鲑跃滩"是具有预言能力的鲑鱼和雄鹿展开厮杀之处，"克鲁汉"是来自彼岸世界的猪群鱼涌而出糟蹋爱尔兰大地的石器时代墓葬，等等。在长诗《屯湖》中，尼高纳尔带着家人登山，一路给他们讲述每处景色的地名传奇：

> 一道激流从半空悬下，幼年的奥斯卡
> 曾在旁边一块石板下躲藏，
> 不愿听群殴喧哗，可他还是忍不住
> 纵身断喝："俺也来凑个热闹！"

而在《拉比示答》中，地名的词源（"丝绸床"）被演绎成了一幕神秘而热烈的情爱：

> 我愿为你铺一张床
>
> 在拉比示答
>
> 高草深处
>
> 众树扭结荫蔽
>
> 而你的肌肤
>
> 沉于黑暗，将如

> 丝绸拂过丝绸,在
>
> 蛾子纷落的时刻

丁格尔乡间最受欢迎的传奇莫过于库瓦尔之子芬(Finn mac Cumhail)和他周围聚集的菲拿好汉(Fianna)纵横全岛的冒险故事。这些故事早在9世纪就已经在爱尔兰流传。10世纪的《地名传奇》(*Dindsheanchas*)和12世纪的《智者对话录》(*Agallamh na Seanórach*)两部长篇故事里收录了不少芬的篇章,而20世纪50年代丁格尔出名的故事歌手脑海里储藏的故事数量也丝毫不逊色。一位叫杰克西的农夫是尼高纳尔崇拜的对象。他记得的各种民谣、传奇、谚语和掌故足以充实一座图书馆。尼高纳尔自己的姨丈汤马斯也是一座知识宝库。她上中学后一次回乡探亲,给他带了一本学者记述本地风物的《神秘的西凯里郡》。汤马斯看完后说:"这书不错,跟我记得的东西差不离。不过他也就讲了过去两百年,我可以给你讲这儿四百年来发生的所有事情。"汤马斯的形象和言语多次出现在尼高纳尔的诗中,例如《不寻常的承认》,他丢下一个关于人鱼存在的线团,任由年轻的尼高纳尔去拆解。她(像她母亲年轻时一样)正沉迷于新科学的强大力量,而汤马斯在历数鱼类的爱尔兰语名字时告诉她:

> "地上每一种动物,"他说,
>
> "在海里都有对应。猫啦,狗啦,牛和猪——

那里全都有。

甚至人嘛，海里也是有的。

我们管他们叫人鱼。"

无疑，不止地名，甚至鱼类的名字（"狗鲨""白点猫"），都能从汤马斯的记忆里钩沉出一大串传说和见闻，包括渔民们只在私下口耳相传的与人鱼的遭遇。这个世界对年轻的尼高纳尔来说是可望而不可即的，她不知道具体内容，却被其幽冥深远震撼。她几乎要陷进那个深渊，好不容易才缓过神来，找回科学提供的坚实立场，"打算拿/化学、物理和深海探测的最新成果/灌满他的耳朵"，汤马斯却已经走开，"把我扔在两重水间/沉浮挣扎。"

"两重水间"（*idir dá uisce*）的意象同样脱胎于古代爱尔兰传说，一为此世，一为彼世。彼世并不是基督教里说的死后天堂地狱，而是和人世平行存在的，一处时间流逝跟人世殊异的所在，传说中的生物，像人鱼、精灵等等都居住其中。两个世界互有交集，渔民们目睹海上出现伊甸园般的岛屿幻影，圣布伦丹曾航行到不死之地，每年万圣节精灵居住的仙丘会打开大门让他们一夜驰骋人间。汤马斯的观念里，人世和彼世相通共存，人和人鱼、精灵一同生活在传说经纬交织起来的意义之网中，每一处地貌，每一个事件都能在本地历史的坐标里得到安放。而尼高纳尔在学校学习的新知识将这两个世界无情地割裂开来，放逐一切不能得到客观测量证实的"不存在之物"到潜意识的黑暗角落。

尼高纳尔作为一个闯入到传统生活中又走出来的人，一生都在这两重水间沉浮挣扎。精灵的身影甚至跟随她来到都柏林的闹市，拿着 Black & Decker 牌的电锯砍倒门前花园的树（《树》）；把年轻女孩引入深海溺死的红帽子，仍然不时出现在她眼角的余光里（《窄巷》）。一年在姨妈家，以及之后的多次重返逗留，丁格尔半岛的人们不只与她血脉相连，更成为她最深的身份认同；汤马斯的世界对她而言不再是像都柏林的官僚们推销的，可以拿在手上把玩的"爱尔兰魂"水晶球，而已经变成感知和思考世界的一种眼光。

在尼高纳尔从传统中找到自己声音的同时，她的母亲却在失去自己的声音。被禁锢在小镇上做家庭妇女一段时间后，她想去法国为朝圣者做志愿医疗服务，于是前往政府部门申请护照，却被告知必须提交丈夫的亲笔许可才能签发护照。这对于习惯了独立自主、一度事业有成的艾琳来说无异于巨大的羞辱。她日渐消沉，把无法抒发的愤懑转移成对女儿管束的严厉。尼高纳尔的《母亲》一诗形象地写出了她母亲以至于一整代爱尔兰妇女无法实现自我价值的压抑，以及这种压抑如何转化成对下一代的专横独断：

你会带着中世纪式的表情
宣告我死亡
在我的医学报告上

写下如下字样：

忘恩负义，精神错乱。

尼高纳尔离家去上寄宿学校也没有带来好转。由于国家贫穷，90%以上的学校都由天主教会开办，修士修女主持。人们把教会称作母亲，而教会也就在儿童的教育上扮演了同样专横独断的角色。女子学校里实行极严格的修道院式管理，没有隐私，不许挑战权威，动辄体罚羞辱学生，以期待她们长成温顺、虔诚、单纯的下一代贤妻良母。尼高纳尔回忆道："阿格涅斯修女在每一个胆敢让裙子短过膝盖的七岁女孩衣服上缝上代表耻辱的棕纸条，保禄修女会扇耳光，六年级的彼得修女有一个磨得光滑的板条，打起来像蜂蜇一样疼……"（《散文集》130页）。这几乎是老一辈爱尔兰人共同的灰色记忆。她在《黑王子》里有一段让人印象深刻的描述。她正处于性觉醒的朦胧阶段，一晚在集体宿舍的通铺上梦见自己与一位英俊的"黑王子"翩翩起舞，正在此时起床早祷的时刻到了：

> 可是宿舍的门突然砰地撞开
> 脸盆响成一片，灯火刺目
> 肥胖的舍监冲进来高喊"赞颂耶稣！"
> 我颓然坐倒在凌乱的床单
> 为我的黑王子低声啜泣。

黑王子既迷人又致命。他是带来濒死高潮体验的性的化身。他是死亡也是生命。在尼高纳尔的诗歌中性和死亡往往共存在一个形象身上,例如著名的《海马》。民间故事里说海底住着成精的骏马,会化作英俊男子上岸勾引姑娘,带她到海边玩耍,趁其不备把她淹死。《海马》就是以一位遭遇了海马的少女为第一人称叙事的诗,她在山崖上放牛,却不安分传统生活,沉迷于阅读狄更斯的《老古玩店》。海马化作男子与她共眠,她却偶然发现了他的真实身份,告诉家里人后,乡民们纠集起来猎捕海马。结局没有明说,我们可以推测他已被乡民剿杀。就像黑王子,海马深不可测的食欲/性欲让少女感到恐惧又痴迷:

> 后来,有人说,她差一点儿——
> 真的好险——一步不慎
> 做错什么,就会被他吃掉,
> 囫囵整个,连皮带骨,还在挣扎的。
> ……
> 她忆起他斜睨双眼的
> 淡绿光彩,盯着她
> 充满渴望,简单、干净、蓬勃
> 如同纯粹的饥饿。

三

尼高纳尔考上了科克大学,专修英语文学和爱尔兰语。家人对她的期望是学完找个秘书或公务员的工作,嫁个体面人家。可是不安分的她又闯祸了。她跟土耳其地质学生多安·列夫列夫坠入爱河。

家里听到这个消息立马炸开了锅:列夫列夫不仅是外国人,还是穆斯林!尼高纳尔的天主教家庭无论如何不能接受。他们哀求、恐吓、折磨她,当列夫列夫毕业时,为了防止她私奔,尼高纳尔的家人特地到法庭申请了禁足令。一位十九岁的大学生,在那个年代是可以由家长和法院决定出于"保护儿童""有伤风化"的理由,软禁在国内的。她写道(《美人鱼》):

> 一切看起来都糟透了
> 不可能变得更坏。
> 可是我听见盖世太保式的腔调说
> "我们总有办法叫你开口"

心碎的尼高纳尔除了跟心上人鸿雁传情外,只能寄托于诗歌。科克大学其时有老一辈诗人肖恩·奥利尔丹(Seán Ó Ríordáin)和约翰·蒙塔格(John Montague)坐镇,一群志同道合的学生聚集在他们周围,以一份文学刊物为阵地,形成了所谓"Innti派"。她开始发表诗歌,起初用英语,但很快就发现只有爱尔兰语才能自由书写她的心灵。美国诗人约翰·贝里曼(John Berryman)和爱尔兰诗人玛丽·麦克恩锡(Máire Mac an tSaoi)点燃了她的诗歌火花,盖尔区的记忆开始为她提供源源不绝的灵感。这个时期的作品主要是取材于古代神话的"莫尔"(Mór)组诗和一些短作品。

二十一岁,法律上尼高纳尔终于成年,可以掌握自己的命运,她一完成学业便迫不及待地逃离爱尔兰,飞到荷兰与列夫团聚,之后七年不曾归家。这次流亡是尼高纳尔生命中第二个重要的转折点,从此她愈加坚定地运用诗歌为自己、为女性,也为所有人争取自由和权利。

两年多后她怀孕了,跟着丈夫取道德国、南斯拉夫,辗转坐火车前往土耳其。尼高纳尔在土耳其住了五年,学了一口流利的土耳其语。婆家人对她格外热情,并没有因为她是"异教徒"而生分;相反,他们总是好奇地向她打听她的故土,并教会她无数安纳托利亚民间的谚语和习俗。尼高纳尔敏感的诗性开始复苏,察觉到安静缓慢的安纳托利亚乡间生活跟盖尔区虽然地域相距遥远,宗教截然不同,但两地的人民却同样在悠久的文学传统中如鱼得水地生活。尤其重要的是,她得以完全摆脱英语的影响,从一个全新的文化背景出发重新审视爱尔兰的传统文化;由于英语的国际强势地位,爱尔兰语作家要找到这样的语言避风港殊为不易。尼高纳尔非常幸运地可以专注于用爱尔兰语思考,不必每时每刻与统治爱尔兰八百年的英语争夺话语权。此外，20世纪70年代的土耳其正处在频繁军事政变的动荡中，世俗化和宗教保守势力的拉锯战对出身于浓厚宗教氛围的尼高纳尔非常有启迪意义。在生育两个子女的辛劳间隙，她写下了在爱尔兰脍炙人口的《父亲》《母亲》《拉比示答》《哺育》等诗。

但是，她总感觉脱离了故土的滋养，自己的诗歌语言变成了无源之水。离家七年后，她作为一位成熟的女性、诗人和母亲，借助一项写作基金的支持，带着一双年幼的儿女又回到了爱尔兰。

尼高纳尔重访故土的最大收获是造访都柏林大学（University College Dublin）的民俗档案库。位于爱尔兰语与民俗学系办公楼的档案库收藏了自19世纪以来民俗学家和语言学家在爱尔兰各地搜集的文字、语音和录像档案，包括数以十万计的访谈、爱尔兰语的发音标本、民间故事和盖尔区生活的方方面面记录。尼高纳尔原本只是想从中寻找灵感，谁知她刚翻开丁格尔半岛的橱柜，就看见了她熟悉的乡民们提供的记录，有杰克西讲故事的录音蜡筒，甚至她素未谋面的曾祖父叙述的传说，都被民俗学家完好地记录在泛黄的抄本上。那一个个名字，很多曾给予她智识与欢乐，而现今大多已成一抔黄土。直到此刻尼高纳尔才意识到原来伴随她长大的这些人物和故事是属于曾经遍布爱尔兰的深厚传统的一部分。她从此有意地系统阅读对习俗和民间故事的研究，拓宽加深对幼年时听闻的传说的理解，同时注意与世界各地相似故事的对比。《破娃娃》《花姬》、组诗《航行》都是这段研究经历产生的佳作，将个人情感天衣无缝地化入从故事中走出来的角色，在自我、现实和多个文学传统间建立起如镜中迷宫般的无尽互文。

《破娃娃》可作为一则解读范例。诗中描写的一只破娃娃被孩子不慎抛入井底的故事，来自尼高纳尔一次郊游的真实所见。在爱尔兰有多处跟异教信仰和基督教圣徒都紧密联系的圣井，人们向其祈祷奉献，以保平安。幽深的井充盈着甜水，本是女性的象征，她却被禁锢在自己的性里。看完前文的读者应该明白尼高纳尔讲述的是女性在一个不平等社会中面临的普遍困境。诗中数次援引跟井有关的民间传说：孩子夜访圣井，被精灵的箭射中耳朵大病一场；榛果落入井中被鲑鱼吞吃，食用那条鲑鱼的人会获得预言能力；苏利文家徽章上的知更鸟用尾羽点过的井水变成蜜和血，是要发生大战的预兆。结尾"井底的奥菲莉娅"是尼高纳尔喜爱的一则比喻（亦出现于《黑王子》）。莎士比亚笔下的奥菲莉娅溺死在柳树下的溪里，而尼高纳尔的奥菲莉娅则落入无人倾听、无人发现的井底。尼高纳尔的母亲和她自己都一度生活在这种看似被家人环绕，实际却幽闭窒息的精神境地。奥菲莉娅/破娃娃从"每一处泳池，每一个水塘"紧盯着她。

尼高纳尔成熟期的作品极其擅长营造叙事氛围，完全将深厚的民间叙事传统化为己用；她的用词富于音韵美，节奏流畅，结构精巧，而且总能在最后突然达到戏剧性的转折或高潮。像《破娃娃》结尾行只有一个单词"奥菲莉娅",却一下贯通了整诗的意象,实为点睛之笔。《卡宾梯利即景》以平淡、轻松的笔调描述了都柏林郊区傍晚的温馨生活景象,结尾却峰回路转,引出犀利的批判:

> 一家其乐融融,依偎在电视前
> 新闻正播报导弹和炸弹落在
> 巴格达、特拉维夫和宰赫兰
> 同样的郊区。

借1981年的《黑李刺》(*An Dealg Droighin*)和1984年的《奇草》(*Féar Suaithinseach*)两部诗集,她奠定了自己作为爱尔兰语诗坛领军人物的地位。此后她还出版了《节庆》(*Feis*,1991)及《争论许可》(*Cead Aighnis*,1999)两部诗集。

四

除少数少年时期的习作外,尼高纳尔坚持只用爱尔兰语创作诗歌。这在为她赢得声名的同时也带来非议,毕竟爱尔兰语已经被深度政治化了。她回忆起一次与记者不愉快的遭遇,对方进门就径直问道:"诺拉,你只用爱尔兰语写作,你是法西斯主义者吗?"时隔多年,尼高纳尔仍然记得那一刻的震惊。与之可比拟的是另一次她去参加沙龙，主人介绍她诗歌里性与死亡的主题后，有位女士提问道："爱尔兰语有'性'这个词吗？"

尽管震惊，尼高纳尔深深明白在官方话语里爱尔兰语怎样变成了民族纯正血统的同义词，而在普通人眼里它又是怎样的贫乏过时，只配讲讲渔民的迷信故事。她一再强调她不是一个民族主义者，她对爱尔兰语的坚持纯粹出自于她对故土和亲人的热爱。在她看来，每一种语言都顽强地扎根于一方水土，爱尔兰语尤其借由丰厚的"地名传统"而跟爱尔兰的一草一木息息相关。唯有通过爱尔兰语，爱尔兰的地名才能显现出其意义，Kildare 不是"基达尔"，而是圣女布里吉特修行的"橡林间的圣堂"；Dunleary 不是"顿莱利"，而是爱尔兰最后一位异教国王由此出发去劫掠不列颠和法国海岸的"牛犊般无畏的领主之堡"，他要求自己按祖先的方式直立面朝敌人下葬，以保持武士的尊严。尼高纳尔放声歌颂她生长于斯的美丽语言传统，并不是在鼓吹爱尔兰语的本质性和优越性，要每个爱尔兰人将其视作自己身份的唯一认同；相反，尼高纳尔非常反感那些因为自己爱尔兰语讲得好，就拿出来炫耀，甚至在别人没能掌握这种语言时还坚持要用爱尔兰语对话的人。语言归根到底是私人的事情。尼高纳尔在她的代表作《语言问题》中，就阐明了自己的态度。诗中她"置希望于语言的小舟 / 任它顺流而下"，就像《圣经》里摩西的母亲将孩子放入蒲草篮，放在尼罗河的苇丛里，希望他能逃过法老屠婴的大劫。她企盼爱尔兰语在漂流中能像摩西被法老的女儿拯救,振兴再起,但不应由强制教育或任何形式的人为干预实现。

因此,不像多数激烈抗争"英语霸权"的爱尔兰语诗人,尼高纳尔对爱尔兰出色的英语文学传统并无任何微词。在她看来爱尔兰语或英语不过是个人选择罢了。她也是最早大量将自己的爱尔兰语诗以英译本形式出版的诗人之一,她只有两点坚持:一是译作的高质量,二是排版要爱英双开对照。事实上,为她赢得最多读者和国际声誉的反而是这些译诗集,计有《诗选》[*Rogha Dánta/Selcted Poems*,1986,麦克尔·哈尔涅特(Michael Hartnett)译],《法老的女儿》(*Pharaoh's Daughter*,1990,多译者),《阿斯特拉罕斗篷》[*The Astrakhan Cloak*,1992,保罗·默顿(Paul Muldoon)译],《海马》[*The Water Horse: Poems in Irish*,1999,梅芙·麦谷坚(Medbh McGuckian)与艾琳·尼胡里(Eiléan Ní Chuilleanáin)合译]以及《五十分钟人鱼》(*The Fifty Minute Mermaid*,2007,保罗·默顿译)。这些诗集通常都选自不同时代的作品,其翻译风格也相当不一。其中最具争议的是保罗·默顿的翻译。默顿本身是一位杰出的诗人,对爱尔兰语相当精通,他的翻译常带入强烈的个人风格,大量使用美国俚语,有时甚至加入原诗里没有的内容。但默顿的翻译也充满颇具原文神韵的神来之笔,例如《海椰子》的最后两行,原文为:

D'imigh na crainn tharainn de thruist láidir

go tulcanta talcanta talantur.

默顿的英译尽管在语义上有所偏离,却很大程度上重现了原文极具动感的多重和韵(complex alliteration):

as the trees went jumbering past

with their judders and jolts and jostles.

五

　　强烈的女性独立意识贯穿尼高纳尔诗歌创作的始终,与一批较早的爱尔兰语男诗人形成鲜明对比。以马丁·奥季让(Máirtín Ó Díreáin)为例,他被视作爱尔兰语诗歌现代化的奠基者。奥季让从20世纪50年代开始写作,他的诗歌里充满了对传统爱尔兰生活消亡的感伤,尤其怀念他出生的西海岸阿兰群岛。在他笔下,传统、静谧、井然有序的古老生活模式俨然成为想象爱尔兰民族性的模板,而这种生活在陌生、淡漠、平庸的城市化浪潮面前毫无抵抗之力,逐渐退居为记忆中"回不去的故乡"。奥季让视父辈们挥舞长桨与风浪搏击的气概如同古典英雄,而城市生活和文案工作只能培养出不懂得这种气概的"太监"。从他的《女人的秘密》看来,他未必没有认为传统秩序把妇女放在了她们应当处的位置(室内)上,而现代生活则消损了妇女的"美德"。与之相对,尼高纳尔早期的《我们有罪了,姐妹们》和《骨头》都是立场鲜明的檄文。在《骨头》里,她描述自己为一根"赤裸、雪白"的骨头,尽管被雕琢为一个女人,与亚当结合,经历了伊甸园和流放,但她不多不少,仍是一根骄傲的骨头。她甚至直接辛辣地讽刺在女权问题上最为顽固保守的天主教会(《我们有罪了,姐妹们》):

> 我们不懂一点侍女之道
> 除却天堂里那位的名头。

"侍女",原文 maighdean,既意为侍候人的"侍女",又可指"少女、处女",在基督教语境里延伸指童贞女圣母玛利亚,也就是这里说的"天堂里那位"。在自由的女性看来,就算是圣母玛利亚,也不过是为男人做牛做马,煮茶补袜子的奴婢罢了。

从她自身的经历,尼高纳尔领悟到女性坚强健康的自我离不开母女之间的良好关系。除了《母亲》这样批判性的作品外,尼高纳尔还写过不少描述自己与子女亲密关系的诗。《给梅丽莎的诗》写得极其温柔。她反复地用 mín mín(温柔、细腻)作一阕的结尾铺垫气氛,而到了最后一句,同样两个词却意义突变——不再是温柔,而是孩子长大后不可避免地被命运的磨盘碾压成"细末",为此,母亲愿意以身挡在磨盘之间。这首诗堪称爱尔兰语文学的经典,无怪乎好几次出现在高考试卷上,尽管这给梅丽莎本人造成了一定困扰——她认识新朋友的时候,经常被问到:"你不会就是那个梅丽莎吧?"

长期以来对女性的物化在男性主导的爱尔兰社会意识形态中流毒甚广,其中一种反映就是文学中的女性形象要么就是贞洁不可侵犯的圣女,要么就是淫荡的娼妇;她的性从不自主,要么等待男性拯救不被侵犯,要么任由男性侵犯。古代神话中就已经有"主权女神"的形象,往往在静静等候真命天子与她同眠,他占有她的性的同时,也就得到了土地和权力。近代民族主义话语中一直把爱尔兰比喻成饱受外族蹂躏的少女,需要英雄拯救,上文提到的叶芝笔下的凯特琳·尼胡里痕也不能脱出窠臼。尼高纳尔反感这种任人摆布的女性被动形象,于是写下《岛屿》一诗,反其道而行之,将爱尔兰比作男性胴体。在《僧侣》中,她理直气壮地宣布:"我是**诱惑** / 你认得我 / 有时我是夏娃 / 有时是毒蛇。"女性不再需要背负引诱亚当"堕落"的罪孽,"我每日浮现 / 并非为了折磨你 / 而是要让你沉溺于 / 爱与智慧的闪光。"即使是夏娃本人,她吃下智慧之果,只不过是为了得到她理应拥有的权利(《骨头》):

> 为了我的儿女
> 我卖掉了生来的权利

我用一个苹果

交换最原初的欲望

而我

仍是一根骨头。

大胆地说出性,追求性,声明自己是自己的性的主人并且从中得到快乐,才是通往女性解放的通途。尼高纳尔众多描写情爱的诗都有令人震聋发聩的力量。例如以自然现象作喻的《香农河的欢迎词》,将男性生殖器比喻成奋勇逆流而上的"二十磅纯粹力量"的鲑鱼,而她自己则是"湿滑,密布海藻"的渔网,"净苔掩蔽的巢穴"。《人鱼重生》则把性高潮的经验比作重生,视为打破社会和家庭强加给女性的幽闭的有力工具。

六

本书收录的尼高纳尔的诗歌选自她出版过的全部诗集中最具艺术性和代表性的作品,大致按创作年代和相近主题排列,例外为最后一首《语言问题》。尼高纳尔认为这首诗凝聚了她最重要的思想,在与译者洽谈时,也要求必须收录这一首诗。为此将其置于压轴位置,并且附上爱尔兰语原文。限于篇幅,其余诗作并未附爱尔兰语原文,这是汉译本与此前数个英译本最大的不同之处。

本书的翻译工作得到了尼高纳尔本人的大力支持，她在不厌其烦为译者解答文本问题之余，还赠以新近再版的四部爱尔兰语诗集合刊。译者特别感谢爱尔兰文学交流基金会（Irish Literature Exchange）提供的资金和宣传支持，以及北方文艺出版社和编辑付出的不懈努力，让本书得以顺利出版。

最后，译者研习爱尔兰语虽已近十年，面对尼高纳尔充满原生活力和习语典故的语言仍时而感觉力有不逮。所幸有较为完备的辞书和现代爱尔兰语专家可随时请教，尼高纳尔帮助敲定了不少关键的词句，且选诗中大部分都已经有较为可靠的英译可作对照参考。译者冀望在尽可能忠实字义的同时，再现尼高纳尔诗歌的韵律和意味，并兼顾汉语的优美和通畅。其余疏漏，望读者方家海涵。

邱方哲
2016 年春节于都柏林

拉比示答[1]

我愿为你铺一张床

在拉比示答

高草深处

众树扭结荫蔽

而你的肌肤

沉于黑暗,将如

丝绸拂过丝绸,在

蛾子纷落的时刻

流动的肌肤闪耀

浮在你肢体

如午餐时分

从罐中倾倒的奶

坡上撒欢的群羊

---

[1] 拉比示答位于爱尔兰西部克莱尔郡的一处半岛,原意为"丝绸床"。

是你的发
坡上有高耸的峭壁
与两道深陷的沟壑。

你的湿润嘴唇
将如糖般甜美
傍晚,我们漫步
在河畔
带蜜的风
自香农河面吹来
金钟花向你道福
一枝接着一枝。

金钟花俯下
它们高贵的头
向它们面前的美
屈膝致意
而我愿折一双花朵
作耳环
愿将你双耳打扮
如新娘。

哦，我愿为你铺一张床
在拉比示答
白昼最后一抹微光
消散远方
我们该多么愉悦
肢体交缠
扭结紧锁，在
蛾子纷落的时刻。

我们有罪了,姐妹们

我们有罪了,姐妹们
当我们去海滩夜泳
众星对我们微笑
身旁磷光围绕
冰冷的海潮
让我们兴奋尖叫
不着长裙衬衫
纯真如赤子
我们有罪了,姐妹们。

我们有罪了,姐妹们
当我们挑战神父
藐视家族:从命运的盘里进食
去了解善恶的知识
好让自己不再在乎。
我们夜宿在伊甸园的绿茵上

品尝苹果和醋栗,耳后
别着玫瑰,围着
偷儿的篝火歌唱
饮酒,跟水手和强盗嬉闹鬼混
我们有罪了,姐妹们。

我们不曾补袜子
没有梳头编发
我们不懂一点侍女之道
除却天堂里那位的名头。
我们更爱甩开鞋子,奔向潮头
独自在湿沙上舞蹈
笛声乘和煦春风
远远迎来
甚于留在室内
为男人们熬煮浓茶
所以我们有罪了,姐妹们!

我们的眼睛会被喂给蛆虫
嘴唇留给螃蟹
还有肝脏被扔给
镇里的狗群分食。
头发从我们头上扯下

肉从骨头剥离
从我们胃里的残渣
还能找到苹果籽和醋栗皮
姐妹们,我们有罪了。

莫尔受难[①]

莫尔被上锁幽禁在
自己小小的脑袋里;3乘4乘2寸
的物质,灰色,粉——

红(开放的伤口
淹死了一半的苍蝇
而另一半围在鲜肉边上
饕餮大餐。)

"听我说,看在上帝分上!"她向
黄昏时分前来填塞肚腹的
乌鸦和长嘴鹊哀求。

"每个人都不过是

---

① 莫尔(Mór)是尼高纳尔早期创造的一个诗歌形象,部分基于古代女神芒斯特的莫尔(Mór Mumhan)的传说。

自己地狱的囚徒。"
她揉一把泥土掷向它们
鸟群飘散像一阵轻烟。

父 亲

我已不记得
是在早上
还是傍晚
我看到他在那儿
傍着门边
站着
宽宽的黑帽子
戴在头上。
深冬
是正在迫近
还是远去。
我是否确实
记得那是他
而并非脑海
中的幻梦。
不过无论怎样

那年冷，冷，冷，真冷

万物阴影深长

日光苍白蔫萎

渐渐消淡。

他一定在那儿

因为之后

他就不在了。

这一切发生时

我才两岁

或者最多三岁

我不懂事

但是记得

父亲离家

在一个二月的早晨

或一个九月的傍晚。

母　亲

你给我一条裙子

你又收回去；

你给我一匹马

又趁我不在卖掉；

你给我一把竖琴

又把它夺回；

你给我生命。

丰盛宴席过后

一双索求回馈的眼睛①。

你会怎么说

若我扯坏了裙子？

---

① 字面为"奥布赖恩家的宴席，然后双眼紧随其后"，指中世纪末芒斯特的领主奥布赖恩家族，据说他们每次宴请后必会对客人提出严苛的回报要求。

若我淹死了马?

若我摔碎了竖琴

绞断欢乐之弦

或是生命之弦?

要是我走向幽深海湾

跨过悬崖边缘?

但我知道你会怎么回答——

你会带着中世纪式的表情

宣告我死亡

在我的医学报告上

写下如下字样:

忘恩负义,精神错乱。

狐　狸

哦小小红狐狸

红呀红呀红

幸亏你不知道

不管你怎样奔逃

最后

毛皮商店

总是你的归宿。

我们诗人

又有什么不同

约翰·贝里曼[①]说过

戈特弗里德·贝恩[②]曾说

我们用自己的皮肤做墙纸

---

① 约翰·贝里曼（John Berryman，1914—1972），美国"自白派"诗人，其代表作为《梦歌77首》。
② 戈特弗里德·贝恩（Gottfried Benn，1886—1956），德国诗人。

且注定失败。

但给毛皮商一个警告:
当心了!
你手里的
不是什么兔子
而是从山上下来的
红色狐狸
我会狠狠一口
咬在喂我的手上。

在异乡流产

你这小小种子在腹中躁动
我期盼着你的降生。
我说过要按新家这儿的习俗
将你小心抚养:

枕头下要垫一本圣书
摇篮里放置面包和针线
父亲的衬衫轻轻盖你身上
一把扫帚守护你的头顶。

我的快乐
溢于言表
直至突然
堤坝决溃
抛下只有十周大
蛙形的你
猝不及防。

现在三月到了
要是你还在
这时正该出生
浪花的白绸带
勾起你襁褓的幻景——
原谅这个傻女人
思绪冗长的线团。

我不敢去看望
密友新添的宝贝
怕我妒忌的双眼
播下邪恶的不幸。

孕育之四

能否描述这宁静?好比
云之船穿过天际
船帆高扬,鼓满,却凝止不动
它的右方,斜阳屏气噤声
悄悄滑落?

湖水如镜,然而气泡间而冒起
暴露出深处鱼儿划鳍的轨迹
贪嘴的狗鱼不住地大口吞食。

湿冷的泥土底下种子正在沉睡。
仿佛生命抽离了它的呼吸。眨眼间
最后一缕阳光从谷底逃到山巅
如同一个在人群间不断传染的呵欠。

哺 育

冲破甜蜜如乳汁的迷雾
和蜂蜜般闷热的密云
旭日跃出童山之巅
像一枚金币
放进你掌心
我的宝贝。

你从我的乳房喝得饱足
又沉回熟睡
长久的梦乡
脸上挂着笑意。
此时不过半月大的你
脑海有什么故事？

你可知道夜去昼来
可知晨早袒露的大片海滩

宣示春潮将至?
可知七桨的船只
在远洋游弋
鱼儿、海豹和鲸鱼
手牵手正前来?

可知你的小船安然
在港湾飘荡
伴着拍动鳍肢的水族
和所有海里的小生物
它从头到尾
光滑、纤细
搅起海底的沙粒
击沉海面的白沫?

你用小手
摸索我的乳房时
对这一切
都浑然不觉吗?
你满足地呢喃着
无知地微笑。
我俯瞰你的脸庞，孩子
猜不透你是否明晓

你的牛群正在

巨人的国度里

吃草、闯荡、偷盗

很快你就会听到

背后传来"哼哈啊嗷"的吼叫。①

我的小猪去集市上

或者待在家里；

找到面包和黄油

或者什么也找不到。

我爱捏你一把

却不愿多捏一下；

我爱你的嫩肉

却不要你的汤。②

勇士和巨人的原型

除了我俩还能有谁？

---

① 原文 fi-faidh-fo-fum，出自童话《豌豆杰克》中巨人发现杰克踪迹后的咆哮：Fe, Fi, Fo, Fum/ I smell the blood of an Englishman/Be he living, or be he dead/I'll grind his bones to mix my bread.

② 此段皆出于童谣歌词。

城市烛光

五月的金色日子
在夏日的开端
如同莓子
在牛犊唇边
栗树缀满烛火
尽管毫无用处。

我忆起
在安卡拉度过的
漫长五年
现在
隧道出口
就在眼前
我知道对这里的一切记忆
在离开后都将烟消云散
唯有一件：

你，居住在这城市。

于是
栗树上的烛火
让我惊奇——
它们像那
"缀满天使之烛的广阔夜空"①
一样徒劳
因那圣洁的婴孩不再回返。

---

① 语出玛丽·麦克恩锡(Máire Mac an tSaoi)的《平安夜》(*Oiche Nollag*)一诗。

僧 侣

你是圣安东尼
隐修士,上帝之仆
独栖在米歇尔巉岩①
峭壁之上。
背倚十字的沉思
平息了怒海狂风
你的双手停满云雀。

我是**诱惑**。
你认得我。
有时我是夏娃
有时是毒蛇。
光天化日下
我潜入你的冥想。

---

① 米歇尔巉岩(Sceilig Mhichíl)是爱尔兰以西的大西洋上一座小岛,上有中世纪隐居僧侣建造的蜂巢状屋群,是世界文化遗产。

我绽放光彩

如太阳照耀果园。

我每日浮现

并非为了折磨你

而是要让你沉溺于

爱与智慧的闪光。

我鼓起勇气,像上古英雄

跃过斯卡萨赫之桥①

才能来到你身边

我的使徒,我的僧侣。

---

① 古代爱尔兰文学中最负盛名的英雄库呼兰在女武士斯卡萨赫处学艺时,以无比的胆量和技艺跃过一座下临深渊、细如发丝的桥,赢得了斯卡萨赫女儿的芳心。

骨　头

我曾经
是一根骨头
躺在原野上
混迹于其他骸骨
在荒僻的沙漠里
砾岩遍地
我赤裸，雪白。

那风降临
一阵气息
把灵魂吹进我
将我造成一个女人
雕琢自
亚当的一根肋骨。

狂风来临

如此强劲

我听见你的声音

在雷电中唤我

将我造成夏娃

万族之母

为了我的儿女

我卖掉了生来的权利

我用一个苹果

交换最原初的欲望

而我

仍是一根骨头。

夜 渔[1]

我必须到崖底去
站在齐颈深的海水里
一只手紧抓
长在孤礁上的海藻
另一只空出来
随时准备着逮住游鱼。

我旁边有个陌生女孩
讲话带着英语口音。
"你上学念过书的,
那你一定听懂她说什么了啰。"
小姨向我打听。
"有时吧,"我回答,"有时听得懂,
但其他时候就像听着鹅毛大雪
从空中纷纷落下的沙沙声。"

---

[1] 本诗基于作者的一次梦境。

"书给你,要是有了麻烦,
一定记着把它抱紧。"
"可是我该怎样
用同一只手抓鱼?"
"你不用操心那个,帮我一个忙。"
我说,并从她手里抽回书。

现在我站在崖底
齐颈深的海水里。
我的右手紧紧扯住
礁石上的海苔。
左边
一条红白鳞片闪光的鱼
就在一肘开外
泼起一阵刺骨的骤雨
在我臂弯上方
划出一道彩虹。

岛　屿

你的身体
是大洋中一座岛屿
你四肢伸展在床单上
洁白,凌驾群鸥之海。

你的额是一泉活水
其下为血,其上是蜜。
它赐我的焦渴
一剂冷饮;
为我的狂热
下一注解药。

你的双眼
如山中冷湖
八月晴日
当天空

在水面闪烁。
蓬勃的芦苇是你的睫毛
生长湖边。

若我有一叶小舟
溯洄与你相会
这白铜的小舟
无一根表羽向外
无一根内羽向里
只有一根白背红羽
为船上的我
奏响乐曲①。

我要扬起
舒展的白帆
迎风鼓荡；我要犁开
深深海洋，向你起航
而你正躺着
孤独如一颗翡翠
一座岛屿。

---

① 白铜小舟的意象出自民间库呼兰故事及英雄渡海远征的描述。

旅　途

我把一片
烟雨迷蒙中的
荒芜乡野留在身后。
群山的剪影
半拢环抱着
白色沙滩，好汉们
曾在那儿捉对厮杀
为着英雄们竞相角逐的
一切事物。

在去溪镇的路上
我初次见识棕榈树
以及温特里伯爵的园丁

营造的森林①。

那棵树仍鹤立于花园

而种下它的双手已不在

修女们三三两两

穿过爵府的房间。

藤壶和贻贝

爬满老船的骨架。

牡蛎还记得他们的往昔。

日子像风一样

划过身边——巴士,火车

我穿过隧道

置身城市丛林。

人行道上

透过蒸汽和噪音的迷雾

和人群的喧哗狂笑

你正朝我走来。

我真切认出你的肩膀

你的脚步

和你的嗓音。

---

① 温特里(Ventry)第三任伯爵汤玛斯·唐森德·阿伦伯格·德默林斯(Thomas Townsend Aremberg de Moleyns)在府邸周围建有壮观的花园,广泛移植各地珍奇花木。现该府邸被用作修女学校。

晨 歌

早晨不在乎她点亮了什么：
正在阔叶树间拌嘴聒噪的寒鸦
湿地芦苇丛中骄傲巡游的绿头鸭
从沼泽巢穴突然冒出的水鸡的白臀
或是在广袤滩涂上如履薄冰的蛎鹬。

太阳不在乎她照耀着什么：
红砖房屋，乔治风格庭院里
雕花的蚀刻玻璃窗，整装待发
去郊区花园里劫掠的蜂群，打着
调谐过的呵欠欲望高涨的
年轻爱侣，百合与玫瑰上滚动的
大滴璀璨露珠，还有你的肩膀。

然而对我们而言一切已不同：昨夜已逝
我们得接受今日安排的一切

必须出门,再次屈膝,装订
生活愚蠢的碎片,好让
我们的孩子能够用上破碗
而不是赤掌掬水而饮
我们在乎这个。

破娃娃

哦井底的破娃娃
孩子轻捷地逃下山坡,藏进
母亲裙下,却把你丢在井里。
黄昏的孤寂吓着了他:
毒菌伞盖突然蹦到嘴边;
指顶花纷纷向他低头致意;
他听见夜枭在橡树上低鸣。
当一只鼬横里穿过
嘴里还叼着一只
肚肠拖在腿上的肥野兔
他小小的灵魂几乎出窍。
蝙蝠掠过夜空。

他哭喊着,落荒而逃,从此
你永久见证着击中他耳朵的箭
落下的伤;你日夜不瞑的

溺在泥中的塑料斜眼
看见狐狸和她的幼崽
来到巢旁生满羊齿蕨的
沼泽小溪边畅饮;獾也来这
洗它的爪子,把鼻子泡进水里。
主护圣人节时人们也来,顺时针
转七圈,每转一圈
往井底扔一块石头。

这些石头都落在你身上。
落下的还有井口右边榛树的果实
于是你长得肥壮,明慧,宛如
泥沼中一尾受祝的鲑鱼。苏利文家族的
红胸知更鸟会飞来,用尾羽
点化井水,上半成蜜,下半成血[①],而你仍纹丝不动。
你永远囚于泥泞,咽喉
被蛇舌草绞紧。
我看见你苍白地紧盯我
从每一处泳池,每一个水塘
奥菲莉娅。

---

① 在民间故事里这是要发生战争的预兆。

奇 草[①]

——厌食症女孩的自述

你作司铎主持弥撒
身着绛紫法袍,白长衣
领带和祭披。
你在人群中望见我的面孔
姗姗前来领圣餐
你却失手掉了圣体。

我,我说不出一句话。
我羞红了脸
我双唇紧锁。
然而它扎在心头
像一根荆棘穿透
我的肝脾
几乎让我死去。

[①] 取材自民间迷信,认为领圣餐时若圣体饼掉落,则预示着领圣餐者将遭遇不幸。

不久我就卧床不起
药方开了几百张
医生、牧师和修士
来了一拨又一拨
没一个知道怎么医治
只能把我抛下等死。

让大家都出去
拿上铲子镰刀
锄头、尖镐和铁锹
把那古老废墟翻个底朝天
砍倒灌木，清理杂草
扫尽在我遭祸的圣地上生长的
荆棘、瓦砾和一切不幸。

然后，在圣体掉落的地方
你会看见秕稗蒺藜之间
长出一丛神奇的绿草。

叫司铎来，用指尖
轻轻夹起失落的圣体
喂我服下，它会在我的舌上

溶化，我将从床上坐起
健康、鲜活，如同孩童。

我的挚爱[1]

一生之初
你利用我的柔软
骗取我的青涩年华
你明白
怎样让我回首:
许诺大理石般雪白的宫殿
鸭绒被褥里的酣眠
和精美的鱼皮手套。

然后你登上甲板远去
哪管我用千声再见挽留。
我默默忍受了所有的
飞短流长,恶毒言语。
有段时间,我的朋友

---

[1] 本诗取材自传统民谣《吉米,我的挚爱》以及《阿尔特·奥莱利的挽歌》。

屈指可数。
然而往事都已如烟。

你抛下世间的繁华
回家。你的船只靠岸
泊在我床边。
我用糖蜜把你包裹
细数你鬓角
染霜的直发。

在我记忆里
你的发卷依然
披散开金黄的
十二道波浪。

流　沙

我的爱人，勿放任我，当我堕入梦乡
落进黑暗的地窟。
我害怕被流沙吸走
害怕水中活跃的空洞
和地表下隐蔽的沼泽。

那底下藏着远古的阴沉木；
安睡着勇士们的骨骸
他们的宝剑依然如新——
还有一名溺毙的女孩
脖颈被麻绳勒紧。

现在潮水落尽
满月高悬，滩涂辽阔。
今夜，当我必须闭上眼睛
愿大地安稳，愿我面临
坚实的沙地。

窄　巷

从母亲的老屋后

山岩路分出的窄巷往下

穿过基万家族的祖地

凡镇的人们过去常常

备好鞍辔

沿着这条路线

到三里外的海边采沙。

沙子运回家

铺成地板

和牛棚的垫底;

一段时间后

跟畜粪充分混合

然后铲走

施在田头

好让"冠军"土豆的块茎

在贫瘠的薄土里

结出希望。

迅捷的女人们
从崖顶攀下
往背篓里填塞
礁间的鱼虾。
雷公岩那边
曾溺死过四个女孩
"三个玛丽,和白玛蕾特,
真叫我心如刀绞!"
人们明明看见
淹没她们的波涛中
稳坐一位红帽老人。

有时在滩头
我也瞥见同一位红帽老人
环绕他的海浪
迎风搏击不息。
突然
崖底乱石间
飘来一阵
无言的笛声。
满驮海沙

马队晚归
风中的牵马人
凝结成一面山崖。

坛　城

虽然我归心似箭

胁下却没有双翼。

我向雄鹰借来翅膀

它栖居的高山

曾庇护我无忧的童年时光。

我正准备踏上旅途

造访凯特琳娜的圣堂①

那儿安眠着我的祖先

七代以来的全部族人。

周日，我恍然目睹

圣女揭开面纱的幻景——

---

① 圣凯特琳娜（Caitríona），凯里郡温特里教区的主保圣徒。据说水手在海上遇难向其祈祷会得到救助，在风暴之夜她也会在崖边燃起蓝色小灯提醒人们危险。

我敢肯定
自己不是在做梦——
然而她的面容这样丑陋

形状这样可憎,不善
仿佛从花岗岩砍削出来
她自己又狰狞龇笑。
从那一刻起
我一直惶恐不安
害怕她突降暴怒于我。

担心,万一我坠船落海
万一浪涛轰然没顶
她不肯用格子围裙把我包裹
送我安全到岸。

或者,万一在鲸鱼湾上
一阵狂风突然袭来
将我从陆上卷走
她不肯燃起那四盏小蓝灯
直到天明,提醒我远离崖边。

然而当我下定决心前往

反而得到了宁静。
昨夜，在睡梦里
一双山鹰助我
登上峰顶。

它们翻飞盘旋
越过山谷
掠过俯视群湖的山巅
大地山峦
全被它们野性的呼啸震聋。

在我们身下
一整张魔毯覆盖着
静卧的乡野。
芬正用长矛在湾里捕蛎
或者在精灵的园地里

与巨人化成的石柱较量球技。
布兰和斯科兰
在大沼泽里游猎
而威尔士来的王子
乘他镶金的小艇

正在缓缓入港。①

温特里柔缓宽阔的美丽海滩
在他眼前渐变得细碎而锐利。

① 此处皆为援引民间故事。

音　乐

早晨卧床,谁能责备我?
难道我整个人生不都已经耗费在
开车送小鬼们上学的路途?
今天周六,他们已远走高飞;
还有一个额外借口,顶好的妙事:
整个爱尔兰,从南到北
都在下雪。

摁下按钮,盖尔区电台
正在播送今日的天气预报:
"公路变成玻璃,尤其在东部;
通往都柏林的高速路被霜冻上;
次级道路完全被雪覆盖。
天气寒冷,大风
日间全国将普降暴雪
许多路段湿滑;

温度低于冰点,
已发布强风警告。"

我再按,BBC 三台
用欢快的音符填满房间——
十三世纪西班牙的 "Las Cantigas de Santa Maria"
旋律里流动着明晰的摩尔底色。
今天播的是阿拉伯风音乐
从中能听见
遥远、古老的阿拉伯女声
阿方索十世估计不会喜欢这种想法
尽管他搜集了这些歌谣。
不管怎样,即使宗派争斗不息
音乐永存,并将最终胜利。

我起身。
天色晴朗,世界空寥。
四方田野变换了天地。
我感觉如此坚实,像一张白纸
准备好填写我生命的故事。
音乐真美妙。
我听见
七百年前的西班牙

跟现在一模一样的冰冻早晨。

太阳升起

在天空三重舞蹈。

它把飘浮的色彩与形状

注进我白纸一般的心灵

一样地清楚、无望,如饥荒遗弃的

雪掩乡野。

树

精灵带着
Black & Decker 牌电锯到访
她砍倒我的树。
我傻站着,看她
截断枝条
一根又一根。

傍晚我丈夫回到家
看见那棵树。
他像被烙铁烫了一样
——意料中事。他吼道:
"你怎么不制止她?
她要干吗?
如果我带着电锯
跑到她家
砍掉花园里的树

她会怎么想?"

清早,我仍在吃早饭
精灵又出现。
她问我丈夫可有说什么。
我告诉她,他问她想干吗
还有,如果他带着电锯
跑到她家
砍掉花园里的树
她会怎么想。

"哦,"她说,"That's very interesting."
"very"上加重了音调
"-ing"像铃铛回响。
她说话声多么轻。
唉,就在那天
我整个生活被倒了个儿。
心肝都吐出了嗓子眼
仿佛挨了重重一拳
腰上被猛踢一脚
反正我整个虚弱眩晕
连抬起一根手指的力气都没有
昏沉了整整三天。

全不如那棵树

幸存,茁壮。

花 儿

忍冬花开
白如少女纤指
或你的手。
每年此时
花香满墙。
每朵小掌向我摊开
索要我无法给予之物。

别再乞求。
我会死去。
握紧你的双拳。

雏菊眼睛
像母牛眼一样温顺
充满哀怨。
每日,这些眼百次

望向我,当我跨过
它们生长的原野。
你的双眼同样地看我
折磨我的内心。

别再看我。
我会死去。
闭紧你的双眼。

花 姬[①]

你的指尖一下触碰
就让我盛开
身体的化学成分
完全转变。
我是阳光下
蓬勃疯长的丰盛草原
在你手掌的抚摸下
成熟,绽放

我所有的绿意,被热力
被草莓被海绿花催开
那么绯红,那么突然

---

① 花姬(威尔士语 Blodewedd/Blodeuwedd,意为"鲜花脸庞")是威尔士古代故事《马比诺吉》(*Mabinogi*)中的一个角色。她是魔法师用花朵创造出来的,以嫁给受了诅咒永不能娶女人为妻的英雄"巧手"雷伊(Lleu Llaw Gyffes)。可是花姬并不甘于创造者的安排,而是移情别恋,并谋杀雷伊,因此被诅咒变为只能在夜晚出没的猫头鹰。

在草茎间羞涩躲藏。
请你尽管来
从我身上采一把蔺草。

我等待你的召唤
已经一整个冬天。
我凋零,死亡
化为尘灰。
我丢失了肉体的欲望
可是你的触碰
使我复活
从昏睡中苏醒。

你的太阳照亮我的天空
有风生起
像天使的气息
拂动水面
我每一寸肌肉
都在你面前悸动
皮肤起粟
毛发直立
当你压上我的身躯。

我在洗手间端坐良久。

一阵甜蜜的气息

从我每个毛孔冉冉升起

证明了——如果还需要证明的话

——只要你指尖一下触碰

我就如鲜花盛开。

你

你,不管你是谁
就是那个命定的人
或许会侧耳倾听
一个女人讲她的故事
她历尽险阻
才逃离战火。

我们不曾携夏日
或冬日同行。
不曾登上甲板
航往美利坚去碰运气。
不曾结伴探访
炎热的异国他乡。

我们不曾骑黑色骏马
登上山巅。

不曾在霜降的夜晚

躺卧花楸树下。

更从未在日光下

点燃篝火，吹起号角。

隔开我们的是

忧伤的大海。

横贯我们之间的是

从未相逢的群山。

凯特琳[1]

你没法带她去任何地方
而不使自己蒙羞挨骂。
就因为早在二十年代
她已经摇曳着石榴裙
顶一头烫成波浪的卷发
奔放地跳起查尔斯顿舞;
因为早在一九一六年
她已经是出众的交际花[2]
因为有人在康纳赫特看见她几近全裸

---

[1] 凯特琳·尼胡里痕是叶芝在同名戏剧中创造的著名文学形象。她被描述为一位穷苦的老妪,祈求青年们拯救她。凯特琳亦即爱尔兰的化身,作家借其形象呼吁爱尔兰人民起来抗争英国殖民统治,为民族争取自由。剧中提到,在凯特琳沿着乡间路远去时,她的背影好像一位年轻姑娘,又像一位女王。这里是借用了古代传说中化作老妪形体要求真命天子与其共眠,得到应允后会变回年轻女郎的主权女神的母题。

[2] 1916年复活节的起义拉开了爱尔兰独立战争的序幕,凯特琳的文学形象深入人心,在鼓舞人们为独立慷慨赴义的事业中起了很大作用。

美人中的美人

朝芒斯特走去，光辉中的光辉；

因为她穷困，无瑕

脖颈如天鹅，行在海岸边

脸庞似初雪。

她总是喋喋不休讲那些陈年往事

一边踩着沾满露水的高跟

在周日早上砰砰骚扰乡里。

当她去往约奥尔

走在科克和杜格拉斯之间的平坦大道上

佩尔家的人还掌舵的时候

关于她说了不少大话。① 另一些人声称

埃尼湖将泛滥决堤，山峦要夷为平地。②

如今她孤寡衰弱

不像过去那个甜美温柔的淑静少女

识趣地待在界线之外永恒的一边。

---

① 爱尔兰谚语："佩尔家的人还有明天"（Beidh lá eile ag an bPaorach）。埃德蒙·佩尔是1798年抗英起义中被处死的领袖之一，其家族仍然秘密坚持抗英事业，以至于1916年时人们常用这句谚语来鼓舞彼此不要放弃为独立而抗争。

② 出自民谣《黑玫瑰》（*Róisín Dubh*），大约写于17世纪，纪念最后一位能与英王分庭抗礼的领主休·麦唐纳尔的女儿Róisín（小玫瑰），以她为独立爱尔兰的象征。

听她讲话,你会觉得她没听说过
沉默是金的道理,或者一切转瞬即逝
时光催萎了嫩枝。即便每个小伙子都一度相信
她就是唯一真爱,那都是老皇历了。
我敢打赌,她压根没听过这些
因为她只惯于对顺耳的话放行。
她还以为自己是蜜糖一样的少女,笑靥
如五月玫瑰。我想不出比这更好的
选择性失聪的病例。

开　棺

当我曾祖母的棺木从姨妈的
宅地起出，棺盖打开时
老人家就直挺挺坐起来
像盛年时一样
鲜活，壮实，健康。

她快活又机敏
完全不像当初
埋进去的那个少妇
近一个世纪前
生第三个孩子时
不幸身亡。

"我见过你更美的模样。"
我们中间最年长的人说。
他还是个小毛孩的时候

曾与她有一面之缘。

"这有啥奇怪，"

她回答得干脆利落，

"我好歹也死过一场

埋了百来年，

话又说回来

你自己也不是个童子鸡了。"

大家哄笑，欢庆

这动人的奇迹。

我们传递着烧酒、

甜馅饼和苹果

招待络绎不绝的宾客。

第三天

要再次封棺

她一五一十指示我们

把它从头到尾

擦洗锃亮

不许留下

一丁点儿污迹。

要是掉了一粒眼屎

或是蹭着一丝鼻涕
落上一星头皮屑
这块墓地就会落入
此世的掌控
里面的东西将会
腐坏殆尽。

一切顺利
如愿进行。
然后离别的时刻来临
我们向她道别
像她一再叮嘱那样
用力把棺盖合紧。

我们遵照她的吩咐
坐在山顶
高喊三声赞美
让我们的悲悼
长久柔美如歌。

还有，不管命途如何多舛
生活怎样艰辛
都不要忘记

在她的忌日组织游乐
年年如是
直至今日。

从此每逢金秋九月
我们就举办
"伟大母亲忌日游乐会"。

致梅丽莎的诗

我金发的孩子在沙丘间舞蹈
丝带系在你的发梢,金指环戴在手上
你才不过五六岁
我愿给予你世间的一切温柔。

雏鸟从巢底跃出
鸢尾在渠里萌芽
绿螃蟹匆匆横行
是你留意到它们,我的女儿。

牛犊与狼嬉戏
毒蛇陪孩子玩耍
狮子躺在羊羔身边
我愿赠你这样一个世界,崭新、温柔。

花园的大门从早到晚一直敞开

没有天使挥舞着烈焰长剑把守
你不必扯一片无花果叶作围裙
我愿赠你这样一个世界,清新、细腻。

哦,纯真的女儿,请听母亲一言:
我会把日月光辉放在你手心
我会不惜以身挡在命运之磨的磐石之间
好让你不被碾成细碎、细碎的粉尘。

冬日海滩

一岁终时海滩空寥
洗刷一净,亮如门槛
泡沫沿潮头高高堆积
海浪,这勤勉的洗衣妇。

我留下歪斜足迹,没有撞见
扇贝、蛾螺、玉黍螺或鸟蛤
举目望向海浪
却数见八只野雁。

它们游得优雅自得,而雁群尚远
我们得稍等季节的脚步
好让春潮为滩头装扮上
海草编织的裙带、蛏子和宝贝。

李尔的孩子们之死[1]

这故事如此哀伤
我不忍再多听一次
里面有些什么深深侵入我
几乎钻透骨髓。

"停!"我喊道,"不要说下去了!"
我太明白那攫住继母艾娃的
嫉妒烈焰,以至于她把全盘仇恨
倾泻到姐姐的孩子身上。
她经年枕着空虚的痛苦入眠
酝酿谋杀和可怖的背叛

---

[1] 《李尔的孩子们之死》是爱尔兰流传已久的故事,讲述国王李尔的一女三子遭继母嫉恨迫害,被魔法变为四只天鹅。为免他们飞走,继母又诅咒他们游荡在冰冷的莫伊尔海峡上三百年,经受各种风霜磨难,和其他两个地方各三百年。直至九百年后,一位僧侣才解开了他们的诅咒,恢复人身,而这四姐弟早已不堪岁月和风霜的折磨,接受了皈依的洗礼之后便倒地死去。

然后起身,向他们放出血红的魔鬼。

"停!"我叫道,"别再继续讲了!"
我的想象太过栩栩如生:
你双臂化为天鹅羽翼的瞬间
国王缩回伸向你的手
点燃的烟掉落地面
摔在灰烬堆旁。
而你望向窗外
鸟群已似箭高飞向南。

报纸滑落地板
你想要抬手捡拾
修长蓬松的羽翼却
将桌上的水罐扫落。
当你尝试道歉
张喙发出的却是难以辨识的咿呀
从此以后你再也不懂他们的言语
只听见如金钟齐鸣般的震耳噪响。

你再也尝不到佳肴美酒
再不能驾驭刀叉。
当门打开,你仰望长空

试图回忆怎样起航。

余下的故事再自然不过:
你和三个弟弟相依为命
在莫伊尔海峡漂流三百年;每晚
你眼前展开秋莓色的天空。
饱受风雨磨难,结霜的羽翼

还得庇护三个弟弟。
北极光时而照耀你们
同时,狂暴的朔风
不息地把你们抛掷腾转。

芬诺拉[①]

哪怕用上所有时光
以及全部余生
回想这件事情——
三百年在橡林湖
三百年在莫伊尔海峡
最后三百年在多文海角
和水晶岛间飘荡——
统共九百年的海上流浪
"哀鸣在鸟群间回荡"
我还是无法理解这种行径

将我们逐出温暖的门槛
在冰冻的湖面悲泣；
拒我们于人世之外
挣扎于陌生的险途；

---

① 芬诺拉（Fionnuala）即李尔王化为天鹅的女儿。

叫我们明白自己永远禁锢在
鸟类的命运，再不能卸下
血肉的翅膀——
洁白，细颈，纤羽
歌喉动人——

没有什么值得为之变形
脱胎换骨
尽管我们保有
足以迷倒众生的人声
仍有意识、理智和宛转的嗓音
甚至不曾忘记爱尔兰语
我愿意付任何代价
免予诅咒的酷刑
摆脱那夺去我们原本模样
又强加给我们飞禽身姿的
魔法禁忌。

节 庆（组诗）

1

当你早晨起身

挺进我的身体

我的耳间鸣响起

来自遥远彼岸的乐音。

一束阳光越过时空[1]

纤细赤裸

射进昏暗的走廊

穿过门楣上

的孔洞

细若发丝的光线

---

[1] 此处描述的是公元前三千年左右建造的巨型墓葬纽格莱奇墓（Newgrange）。在墓葬入口处门楣有一小孔，每年冬至日的第一缕阳光会从中穿过，沿着墓道慢慢照亮最底端的墓室；而一年的其他日子该墓室都保持完全黑暗，是古代工程学的杰作。

在土地上蜿蜒
爬进最深处
的密室。
然后它膨胀
再膨胀,直至
金光流泻整座圣殿。

现在
夜将更短
白昼变长。

2

我睁开双眼
坐起呼吸
天空湛蓝。
一只孤鸟
在树顶歌唱。

尽管紧绷的筋骨
已经舒缓
深绿的寒意
已被驱散
甜蜜的汗水

像熏香弥漫空中
我们仍然沉浸于
彼此间深邃的沉默
不发一言
许久,许久。

3

如果我们就是
波茵河谷的神明——
你是苏奥塔夫或达格达
我是那条著名的河[①]——

我们会把日月冻结
在半空,一年又一日
好让我们尽情享受
两个人的狂欢。
可惜我们没有丝毫神力
只是赤裸的个体。

[①] 波茵河谷是前注中纽格莱奇墓葬的所在地。波茵河(Boyne)得名于女神白牛(Bóind),相传神灵达格达(Dagda)看中了她,让她的丈夫外出一天,同时施法让一日夜变得足有一年之长,期间两人不仅偷情还生下一子昂格斯(Oengus)。苏奥塔夫(Sualtamh)是英雄库呼兰人世的父亲。

天体的运转只为我们

停留了难以察觉的瞬间。

4

一朵玫瑰在我心中绽放

一只布谷用我的嘴歌唱

一只雏鸟在我的巢中雀跃

一尾海豚嬉戏在我思维的深渊。

5

我为你铺好床褥

爱人

我无法分辨

你和我的丈夫。

枕头和靠垫上

已经铺满雏菊。

床单上密密绣着

黑色的树莓。

6

我在你面前展开三件外衣：

一件泪衣

一件汗衣

一件血衣。[1]

7

你是穿过我心口的利刃。

你是扎在我指间的棘刺。

你是卡在我牙间的碎肉。

8

昨晚我又梦见你:

我们手牵手外出散步

你突然跳到我面前

在我胸口咬下爱的齿痕。

9

一整晚我开着敞篷跑车

驶过你住的街区

却没有你相伴。

---

[1] 此处改用了古代谚语:"新嫁妇需落下三滴:一滴泪,一滴汗,一滴血。"

我经过你的房子
你的妻子正在厨房里。
我认出了
你做礼拜的教堂。

10

你不会从我这儿听到一个字
我的舌头已经跟猫跑掉了。
让双手代我发言。
让它们做你头顶的泳帽
为你抵挡寒流的暗冰。
让它们做一双翩翩蝴蝶
从你身体的草原上汲取生命。

11

今晚在码头
与你告别
我的心房撕裂出
深深的沟壑
哪怕一瓢
取尽爱尔兰海
和英吉利海峡的水
也无法填满。

航 行（组诗）

1 上帝之城

不管经书上怎么预言
我们并没有来到
应许的澄明之地；左边，密云压顶
黑暗风暴肆虐
万雷轰响，金鼓齐鸣
闻者无不跪伏乞求
上天派遣庇护灵魂的使者降临。
是哪个在经上
写下满纸谎言！不过两三代人时间
我们已深陷枷锁：两次世界大战，
干旱，饥荒，六百万犹太人
化作祭坛上一股青烟，更别提
赤柬领袖对人民的所作所为……
朝着锡安山，朝着上帝之城，圣洁的耶路撒冷
我们不曾前进一步。

有时我远远望见它在地平线上

如一座无人曾踏足的岛屿。

有时它在沙漠中浮现

安坐在石柱之巅

隐约像是达科他、

内华达或者怀俄明。

2 夜航

很久以前,我的族人

就已扬帆远航。

公寓里有他们留给我的

一捆封印的信札

但是当我试着读信,却发现

那些字我全不认得!

房东太太不停催我收拾。

"抬头看看月亮,"她说,"又高又圆,

潮流马上要转啦。"

来吧,马车夫,赶紧,赶紧。

少吹嘘当民兵时的英勇事迹

扣好制服,戴稳三角帽,

给马儿加上一鞭。前面是

十字交叉路口,左边通向

花园之城，而我们往右

赶向渡口。

3 巴西岛[①]

我听见你

隔着夜海

呼唤我

叫我去

寻觅

魔法之岛。

你的声音

像雷鸣

席卷海洋。

雄浑

圣洁

响彻世间：

[①] 爱尔兰古代传说中位于大西洋上的富饶岛屿。一说葡萄牙人到达南美洲时，沿用了传说，为现在的巴西命名。

"所有劳苦困乏的人啊,
到我这里来,
到我这里来。"①

4　初睹

初睹那座岛的时候
我正在飞艇里
躺在医院床上
吃了安眠药,昏昏沉沉。

我们飘在云端
望着绿草地
没过牛膝
缀满珍宝。

我们看见农场和市镇
星罗棋布
岛民划着小艇,满载美食
远道迎来。

岛屿开遍花朵

---

① 语出《圣经》马太福音11∶28。

结满珍奇果实

在世上自由漂移

从炎热大陆

到冰封海洋。

5 岛屿

当岛屿像一道霞光

初次袒露在喀拉角之外

原本空无一物的海面

居民们惊叹不已,议论纷纷。

好像全世界的人,再加上

他们的七姑八姨都挤进了车子。

正如俗话说的,大路中间好堆粪——

电台提了一句,人们便从四面八方

涌来围观。

长长的车龙

排到两里之外

把双向山路全部塞满。

有的被迎面汹涌的车流所迫

慌忙冲到了坡上。

还有的绕错了弯
一头扎进柯玛浅滩
想从沙地退出为时已晚。
叫来拖拉机
把车子拽出来
结果行程毁于一旦。

最后
还得派遣整队的警察
去维持秩序。
道路因壅塞而关闭
不过在那之前
卖冰激凌和薯条的小贩
已经盆满钵满。

6 彼处，此地

它的位置每日变换。
有时它距布拉斯奇岛不过数里
有时在海湾中央
还有几天它靠得这样近
你会觉得只要伸长手臂就能摸到它
（这是确凿的下雨征兆）。
有时，上面好像长着一片热带雨林

你用望远镜可以看到棕榈和香蕉树。
我第一次望见它的时候
以为那是印度洋上的未名荒岛。

7　公关

要是这还没完,就让我见鬼去吧!
自从海豚来到丁戈尔半岛①
这地方还从未如此喧闹;
上一件轰动的事情该是货轮兰嘎号
撞上了雷公岩
人们整晚地向船上的水手们喊话打气
直到早上拖船前来救援。

山崖边上得建新停车场
供旅游大巴使用。
休闲和文化遗产中心里面
要造新的男女公厕
付两镑钱(长者儿童半价)
就可以参观
关于一座并不存在的岛屿的展览

---

①　丁戈尔海湾外有一条著名的海豚"蘑菇",经常追逐航船嬉戏,是游客必看的项目,现仍在。

讲它的神话历史、自然资源、
出口贸易和飞禽走兽。

总理前来剪彩。
他热烈致辞
希望提高该岛的知名度
尤其是，按他的说法
他也算得上他们的邻居
一衣带水的同胞。
他衷心欢迎所有岛民
不分男女，无论老幼
前来做客。
可以展望将来
政治上的统一
会给所有人带来
更光明的前景。

随后，一队人类学家
踏上岛屿
经过全面、细致的研究后
（耗时一个周末之久）
他们一致得出了确凿结论——
岛民具有放射性。

8　邓肯村民的证词

"巴西岛真的存在吗?
老兄,你怎么看?"

"有可能哩,
从前有对夫妇就住在这附近
生有一双儿女。
后来母亲死了,父亲跟
儿子每天出海打鱼
女儿看家。
有天爷俩回家,却寻不着女孩,
她凭空消失了,生不见人,死不见尸。
好多年以后他们正在海上捕鱼,
忽然降了大雾。雾散时
他们来到一座
无人知晓的海岛。
女孩就在上面,热情地欢迎他们。"
"然后她就跟他们回家了,是吧?"
"我看没有。她必须得留在那儿。"

9　海椰子

他们说,在岛上

有一种奇特的树
其巨大的坚果
海椰子,熟落海中。

其中一些是雄树
更多的是雌树
两性平时彼此远离
住在谷地各自的聚落。

然而传闻说,每年有一夜
众树连根拔起
泥土簌簌抖落
举步寻找伴侣
进行爱的仪式。

枝干缠绕
根茎相连
谁不幸撞见这一幕
瞬间会化作

一堆胶冻。昨晚
我和爱人深夜归家
当我们听见身后传来的骚动

立即跳进沟里

不敢扭头、划火柴
或者有丝毫动弹。
而树们迈着强劲的步伐
越过我们
宏伟,洪亮,轰鸣向前。

10 盐角草

有次
我到岛上去
心思都花在
攀爬石崖
采集盐角草

一种名字如此美好的植物
尽可把这个词舀进嘴里
仔细咀嚼。
光是想一想
岛民的齿颊间
就溢满涎水。

它在爱尔兰语里的正式名字

叫"鹌鹑菜"或者"崖薑"。

11 写给家里的明信片

这里的东西太贵了。
昨天
我经过码头区
去咖啡馆
忽然瞥见一家商店橱窗里
排着一溜鸟类标本。
亲爱的
我突然想念起你
当我看到里面有你最喜欢的
黄小鹭,直愣愣立着
脖颈抻长,蔫得像霜打过。
我以为用几个小钱
就可以把它买下
当作手信带回家送你。
可是我一问价钱
心脏差点停摆
它远远,远远
超出了我能承受的范围。

12　巨浪

赶在巨浪席卷古寺

把它再次埋进海底之前

我从一个基拉里人那儿借了匹赛马

想冒险闯进那片地域。

等到七年后的五旬节早晨

岛上的魔法才基本散去

前所未有的低潮

让滩涂一直袒露到天边。

我望见极远处有四位公主

绕着城池漫步

丝绸披风挽在她们肩头。

我策马急驰

从墙上摘走

她们梳头时解下的披风。

我正得意自己得手

却听见身后传来雷鸣般的咆哮:

"图宛的巨浪,抓住她,夺回我的披风!"

大洋中央突然耸起

顶天立地的水墙

我能记得的就这么多了。

我再次醒来时,发现自己躺在

某所医院的固定床上,丈夫守在床边

满脸愁容。崖边围观的人们说
巨潮仿佛从天而降把我吞没
又冲到浪尖,生生把马撕成两半。
我从半空被抛到滩头,身下还骑着
前半匹马,后半匹被卷进了海底。
我对此一无所知。
的确,他们必须给我服各种药片
因为我的神经太过衰弱。
的确,不管我吃多少种药
仍然在夜半颤抖着惊醒
感觉好像有一堵绿色透明的墙
高若房厦,从四面八方扑来。
的确,我再不能承受海的影像
甚至不再走近水边。
的确,我再不能忍受独处
一定要有人陪伴。
然而,如果这些都是真的
我还有一个疑问:
披风在哪里?
谁把它从我手里夺走?

13 波涛之下

我在哪里?

怎么这样安静,这样孤独?
当我首次踏足此地
身边充斥着友善的人们
有舞蹈、音乐和游戏
和取之不尽的美酒
然而现在我被留在店里
只有角落里一位盲者做伴。
门庭冷清,几位稀客
没有一个为了寻我
而且全部浑噩昏瞢,不知所谓。
不久前,有个席家的人登门
盲者跟他说:
"来我这儿,小席,
来我这儿,跟我握个手。"
我连忙打手势,叫他别伸手
并递过一根铁棍替代。
盲者往膝上一别,铁棍断成两截
他用独特的腔调嗒嗒怪笑:
"小席还挺壮实嘛,
可惜了一条好手臂!"
他笑得背过了气去。
我把小伙拉到一边,告诉他
只要拿得动,店里的东西随便挑走。

他东看看，西翻翻

我就站在面前，直盯着他

他根本没听出我的心里话：

我才是他最应该带走的那个。

怎么着，他看上的居然是

一套油布衣服，外套加长裤。

他心满意足地拎走战利品，说

正好出海时穿。这就是他对我善意的报答

真是白救了他一条手臂！

哼，男人！

14　两个人

当船驶近，岛跃进视野

你会以为那不过是高威城的又一处船坞。

有个人坐在码头上

双腿垂在水面。

另一个跑上跑下

看起来手忙脚乱。

船长吩咐大家到甲板下

从锅炉取来点灰烬余火。①

---

① 民间相信遇到彼世事物时，用人间的烟火可将其克制不致为害，下文的一把泥土据说也有同等功效。

那个走动的人望见余烬

迸出一连串咒骂

不许他们把火种带上岸

另一个却处之泰然

在边上给船员使眼色：

"把火拿上来，别怕了他。"

但这时船上有个多事精

偏说不该扔火种，而是甩一把泥土。

于是人们吵了起来。

在关于该扔火种还是泥土的争论中

一袭浓雾悄然隐没了岛屿

再也没人见过它的半根毫毛。

圣诞晚餐

丰盛的圣诞晚宴结束了。
我们打开话匣,摆起龙门。
伴着刀叉兴奋的叮当声,依次享用
芹菜汤、火鸡、腌肉、馅饼,现在轮到甜馅饼。
我们肚腹饱胀,四肢慵懒
只愿在桌旁再多赖一小会儿时光。
圣诞蜡烛往我们身上洒下柔光
猩红的冬青果闪烁着幻彩。

我数过在座的人。大家全都在
尽管如今难得团聚一堂。
雏鸟们早已长成,各奔东西
筑起自己的小巢,这次总算重访旧枝。
而你会说那时你像被困在动物园
热带珍禽的笼子里,被无止休的
啼鸣和混战环绕——

一些人畅所欲言，另一些的吃水线
已沉没于美酒欢愉、喧哗嬉闹。

突然一阵寂静：天使正经过屋顶
有人在这空当打了个喷嚏。
我们齐为全家的安好向上帝祈福；
冷不防有人放了个屁，大家哄笑，并说：
"从上面出来不错，从下面更好！"
我们早已熟习那些古老的谚语
尽管跟我们的生活再无联系
它们仍然驻扎舌尖。

哥哥起身走向门口。
他说好像听见有人在敲门。
然而那儿没人，外面的黑暗里
没有人，没有迷途者或基督徒。
"哎呀，一支箭刺了你的耳朵，仙子们
一定又在山上漫游。你赶快进来，
关好门，否则我们会遭咒的。"① 我们中的

---

① 爱尔兰民间传说，若听见有人敲门而发现无人在外，定是仙子精灵作怪，他们会用看不见的箭射人耳朵，导致人得病或遭遇不幸。

捣蛋鬼说。一片议论声中我听见

有人在向米迦勒大天使祷求

在战斗中保护我们,祷文结束于

对死亡、空中的魔鬼和一众恶灵的恐惧。

我抬起眼,在魔法保护圈外

看见手握槲寄生弓的洛基

正在使诡计逼近那盲眼老人

哄骗他马上离开橡树的庇护。①

当心了,巴德尔,亲爱的兄弟,

下一支箭瞄准的,可不是你的耳朵。

---

① 古代北欧神话中,光明之神巴德尔之母为求儿子平安,要天下生物和非生物发誓不能伤害巴德尔,唯有槲寄生因为太过细弱渺小,没有被要求发誓。洛基因为妒忌巴德尔,设计用槲寄生做成的箭将其射杀。此处 bladar "哄骗"和 Baldar "巴德尔"二词组成文字游戏。

纪念埃莉·尼高纳尔（1884—1963）[①]

她拿到生物学优秀学位时
正是一九〇四年。
然后她回家
归退乡里
狂风吹刷的
山脚下
终其一生。

她不曾嫁人
附近也没有人配得上她。
她的弟弟结婚时
她觉得那个女人也配不上他
于是她卖掉了他们的地。

[①] 埃莉·尼高纳尔，作者的姨祖母，属于爱尔兰第一批接受高等教育的女性。

她抗争父亲

她抗争兄弟

她抗争教区牧师。

在她看来,礼拜半途大声念出

捐赠名单是种罪过。

她深深明白这种强加于穷人的傲慢:

为了面子捐钱给已经富得流油的教会

自己的孩子却在挨饿。

因此

她会安坐在自己的长凳上

手握山楂木拐杖

头戴礼帽

听着祭坛上高诵:

"埃莉·尼高纳尔——零元。"

唯一会去探望她的是

我的父亲(家族里出名虔敬的人[①])

所以她离世后

把房子留给了他——

---

① 原文 pius Aeneas,源自拉丁诗人维吉尔的《埃涅阿斯纪》,在古罗马"虔敬,守礼"(pius)一词意指将遵从礼法,无私地完成对家族、宗教和国家的义务的品质。

太潮湿了,我们只好卖掉。

我曾答应给她写信

却从未兑现。

也许我写过的每一封信

都是为了寄给这位骄傲的灵魂

她不需要与配不起她的男人同床共枕。

有人曾警告我丈夫

同样的坏血统

在我身上延续

家族里的异类

她的唯一传人。

很久以前

恶毒的疾风从"风暴角"劲吹

我们的祖先赶着牲口迁往"母牛滩"[①]。

---

① 风暴角(Binn os Gaoithe),位于凯里郡特拉里镇。母牛滩(Macha na mBó),凯里郡西部丁戈尔半岛一处山谷。

山楂树

孩子蹑手蹑脚,穿过井井有条的厨房
溜下用清洁剂磨光的石梯
沿着幽暗的走廊,来到储藏乳品的房间
平底锅和保温箱

懒散地躺着,酝酿诱人的黄油。
细棉布散发出清洌的奶酪酸味。
她小心地落脚,不扬起一团细尘
以免在黄昏的宅子里引爆喧哗骚动。

她抄小路经过花园一扇虚掩的小门
像精灵一样隐秘迅捷,生怕被人叫住
逮回去干活,比如说到商店跑一趟腿
或者摇晃襁褓中的婴儿。

她跳过铁蒺藜,棉布裙子没被钩住

冒险到此为止,她突然自由了;
牛群跋涉在及膝的黄樱草间。
毛茛花粉像一阵金浪扑面而来。

翠鸟从河岸的沙洞里嗖地窜出
她一走近,椋鸟就高声聒噪
拉响警笛。小山上只有一棵
孤独的山楂树
白花满枝。

一幕神迹,孩子被深深折服
跪倒在原野的灯芯草丛。
没有法蒂玛的圣母显现在她头顶
也没有西奈的自燃树丛。①
没有必要。

---

① 据称圣母玛利亚在1917年多次于葡萄牙的法蒂玛向牧童和人群显圣。《出埃及记》记载摩西在西奈山上看见一处树丛燃烧,却不被火焰吞噬,并听见上帝从中对他说话。

可怖的艾妮[1]

诗人基廷[2]在他的巨著
《爱尔兰智慧之源》
中提到的第一个女人
她吃孩子

因为"她从小
被芒斯特的德西族收养,
他们用婴孩的肉
把她喂大。"

好让她快点成熟
适宜婚嫁
因为先知曾预言

---

[1] 可怖的艾妮(Eithne Uathach)是传说中莱斯特国王的孙女,芒斯特王后。德西族(Déisi)战败后在爱尔兰四处流浪。诗人预言说他们将从艾妮未来的丈夫手里得到土地,于是他们抚养艾妮,用儿童的肉喂她好让她快速长大。后来他们果然从芒斯特国王那里获得土地定居。

[2] 基廷(Geoffery Keating,约1569—1644),爱尔兰诗人、历史学家,著作丰硕,其中佼佼者为《爱尔兰智慧之源》(*Foras Feasa ar Éirinn*),收录了巨量的古代传说。

他们将从迎娶她的人手里

得到土地。

大概她还在伺机而动

要么,你怎么解释

肖恩·萨维吉,玛蕾德·法拉尔

和丹·麦凯恩? ①

---

① 这三个年轻人是爱尔兰共和军(Irish Republican Army)的成员,意图以恐怖活动争取北爱尔兰独立。英方声称他们于1988年3月潜入英国海外领地直布罗陀,准备用炸弹袭击英军基地,阴谋被发觉后在围捕中三人中多弹身亡。然而事后在他们身上并未发现武器或炸弹。事件引发北爱尔兰大规模骚乱,至今对事件缘由仍有争议。

卡宾梯利即景[1]

光阴变换,郊区开始嗡鸣繁忙
舒展筋骨,从又一个冷寂的白天缓过劲来。
孩子们放学归家,大人从城里下班
窗门敞开,屋子仿佛绽放笑靥。

白色框线里有辆车突然回火。
自行车一辆接一辆交错驶过。
炊烟如绸带从家家户户升起;厨房的
蕾丝窗帘后有正准备晚餐的身影。

一脚好球射进后院松树间。
一只斑点牧羊狗和一只塞特犬在草地上
听男孩子们呼叫着击打曲棍球。
两只喜鹊在房顶依旧喋喋不休。

---

[1] 卡宾梯利是诗人家所在的住宅区名,位于都柏林东南郊外。本诗写于1991年海湾战争期间。

现在,起居室宽大的窗亮起蓝光
一家其乐融融,依偎在电视前
新闻正播报导弹和炸弹落在
巴格达、特拉维夫和宰赫兰
同样的郊区。

黑　暗

（写于 1995 年 7 月 11 日，斯雷布雷尼察陷落之日）

这是黑暗的一天。
天空黑暗。
大海黑暗。

庭院黑暗。
树林黑暗。
群山黑暗。
公共汽车黑暗。
早晨送孩子上学的汽车黑暗。

商店黑暗。
窗户黑暗。
街道黑暗，空无一人。
那个满头黑发，脸色晦暗的姑娘卖的报纸
全是黑暗，黑暗，黑暗。

牛是黑的。

狗是黑的。

远方伊芙拉赫半岛的马匹是黑的。

每只离群闯进深空的孤鸟是黑的。

连那只往常与众不同的黑羊

也不再显眼了,因为羊群全是黑的。

马铃薯是黑的。①

芜菁是黑的。

你放进瓮底的每一片菜叶是黑的。

炉灶是黑的。

水壶是黑的。

从这里到天涯海角的每一面锅底都是黑的。

天主教徒是黑的。

新教徒是黑的。

塞尔维亚人和克罗地亚人是黑的。

在这个黑色夏日清晨,行走在地上的

每一个民族,都是黑暗的。

政治家们相互倾轧

---

① 此处联想到历史上造成爱尔兰西部饿殍遍地的马铃薯黑死病。

撕咬彼此的尾巴

试图哄骗我们说

不用多久,黑暗就会让位于光明。

任何为之鼓舞

轻信他们话语的人

能不能扪心自问

现在这是否意味着

一切黑暗和苦难都不过瞬间?

反正我不相信。

因为我已身陷黑暗。

我的心灵黑暗。

我的思维黑暗。

我目力所及满眼黑暗。

从内到外我们背负黑暗。

像每一块煤,黑莓或黑刺李

每一个魔鬼或死神或他的黑色骏马

每一根鸬鹚羽毛,每一只鞋跟

每一眼深窟、洞穴或黄泉

每一处吞噬我们希望的无底深渊

我黑暗,黑暗,黑暗。

至于斯雷布雷尼察——
罗马人叫它银城（Argentaria）——
空白。

黑王子

在那个叛逆的年纪
我躺在集体宿舍的板床上
做过一个梦
梦里我身处华丽厅堂
乌泱泱一群亲戚家人
围观我和一位黑王子
翩翩起舞。

华尔兹跳了一圈又一圈
我的头脑充满幸福的眩晕
他的眼神火热,目光灼人
每一次转身踏步都潇洒优美
我的黑王子。

可是宿舍的门突然砰地撞开
脸盆响成一片,灯火刺目

肥胖的舍监冲进来高喊"赞颂耶稣！"
我颓然坐倒在凌乱的床单
为我的黑王子低声啜泣。

我永不能忘怀他的脸庞
他危险的修长身影曾侧卧身旁。
宠溺我致死的细腰男子
我的王，我的主人
我的黑王子。

我女儿九岁时也做了一个梦
一座魔法酒店大门洞开
各色人等从每个房间向她招手
她千挑万选，最后青睐的——
有其母必有其女，不枉我养育她——
还是黑王子。

纯真的女儿呀，你要好好思量
他并非什么好货色，不值得信赖。
他是杀人犯，击剑的行家，
顶尖的舞者。可是他的舞步
只会把你领向地狱的烈火。

假使让黑王子再近一寸

你会被封进水晶棺椁
或者困在旋转门间无法逃脱
进退不得，只能永远地打转
在精神的门厅往返徘徊。

或者，你会像我从前一样神经衰弱
疼痛疲惫，卧床十载
仿佛成了落入井底的奥菲莉娅
身边没有一个人陪伴聆听
只因为我错给了黑王子太多爱情。

直至我在无月的夜里走上沙丘
向围绕我身边的万物之母
和族人的神灵起誓，祈求
让我从痛苦中解脱，不惜任何代价——
除了我的黑王子。

因为他是死亡，潜伏在
我灵魂的海沟，躲藏在
我心底的楼阁，时刻不懈地
折磨我，穿刺我心房的深渊
他就是这样的黑王子。

宝贝，你还是按自己心意行事吧

我不是也过来了吗,所以不必害怕。
死亡不能伤害我们,但也不会放过我们
正如此生把我们结合得这样紧密
我俩,和我们的黑王子。

海 马

起初,只是在梦里
他来卧在她身旁。

有一天
她在绵羊坳本该看着牛
(却沉迷于狄更斯的《老古玩店》,
完全把牛群抛在脑后)
突然望见海豚成群结队
游出海湾,顿时慌了:
一瞬间她以为那是她的牛群
全部跌下悬崖落入大海
想到回家会被揍个半死
吓得一个激灵
才明白过来。
此时此地他第一次出现。

之后

他一次又一次来访。

开始她还觉得他着装古怪——

胸甲配着鱼骨护膝,还有头盔

用鲑鱼和鲱鱼皮做的长手套。

活生生就是限制级电影里走出来的

非人魔怪——《黑湖妖潭》①或者《金刚》。

然而当他除下头盔

甩开一头垂肩的美发

她看得真切,是位年轻男子。

然后一天

他头枕在她胸前。

鲸鱼在他们身下的深渊低吟

银光闪烁的海豚列队绕着圈。

(那天傍晚,出来找牛的人们

在山上发现他们。)

她虽然不会说那陌异的语言

却能明白他正要求她

为他清理头发,用长指甲

掐碎滋扰他头皮的小生物。

---

① 《黑湖妖潭》(*Creature from the Black Lagoon*)是1954年的一部黑白怪兽电影,讲述黑湖中凶猛的半鱼人袭击探险队的故事。

她照做了
一边轻声哼着甜蜜的小曲
安抚他。突然,她心跳几乎停摆:
从他发根长出的
是茂密的褐藻和海带。
她立刻明白了一切
大事不妙。她摸到他的耳尖
发觉并非只有传说里的国王[①]
才长着马耳朵。

毛孔里沁出的冷汗浸透全身
她狠狠地掐了两三下大腿
才忍住不发出声音。
她继续为他梳头,度秒如年
哼唱着,呢喃着
摇篮曲和零散的歌谣
缓缓哄他入眠。
一察觉到他的呼吸

---

① 传说中国王拉弗里·洛尔克(Labhraidh Lorc)长着马耳朵,为了不让人知晓,严禁他的理发师向人说起这个秘密。苦恼的理发师只能把秘密讲给一棵柳树的树洞,谁知该柳树之后被做成了竖琴,一经弹奏就会唱起"国王长了马耳朵",结果路人皆知。

变成熟睡者的叹息
她就轻而迅速地解开
围裙的系带

蹑手蹑脚溜走。
她拼尽全力跑上山崖
奔回家里。起先她嘴里蹦出的
尽是什么海草发根啦
马耳朵啦的胡言乱语。
家人费了好大力气
才搞明白她说的是什么
当即认出
他是海底的骏马。
他们全部起身,整装待发
抓起武器,套上战袍
像一支军队开拔
去追杀他。

后来,有人说,她差一点儿——
真的好险——一步不慎
做错什么,就会被他吃掉
囫囵整个,连皮带骨,还在挣扎的。
事后三天,人们大概会在滩头上

捡到她的一点心肝脾肾。
他就是那样的怪兽。
他们说得对,她明白。
尽管如此,那天的历险
仍沉重地压在她心头。
她来到悬崖边上坐下
日复一日。

她忆起他斜睨双眼的
淡绿光彩,盯着她
充满渴望,简单、干净、蓬勃
如同纯粹的饥饿。
那双棕色膀子律动着火花
从前臂开始
收窄成苗条的双腕。

最难以忘怀的是他身上
满弓一般紧绷
而敏捷的肌腱。张力
如上满的发条
永不松懈
蓄势待发。

圣 伤[①]

最初是谁

闯进我家

散布膜翅承载的

黑色死亡?

是谁低声

无息念诵

"我的天主,我的上帝"?

从地板上的哪个孔洞

门扇上的哪处豁口

哪一根断开的头发里

他随风潜入?

哪个该死的木匠

任由墙板间的节疤

[①] 圣伤(Stigmata),指在基督徒身上因不明原因显现的类似基督受难的伤痕。

留下疏缝?

他的呼吸馨香
沁透秋日花朵的芬芳
他的气息犹如蜜糖
在房间四处弥漫。

像一双红日
西沉
于天际
他的血红眸子
透过雨雾
照进我梦境
往我生命注入
流动的暗冰。

他的轻声低语
在电话里嗡嗡鸣响。

我转头望见
眼前升起聚拢的
好像夜里一根火柱
又像日间一炷云烟。

现在我终于明白
晨早晕眩的缘由。
我无意识地摸索身侧
寻找颈上的齿痕。
我踩到床边
涂满潦草字迹的纸屑。

我坠入爱河

每个秋天我都堕入爱河
爱上沿挡风玻璃滑落的雨滴
爱上如诗的慵懒阳光勾勒
远方地平线上群山的曲线。
爱上我崎岖路上抱团的枯叶
爱上朽木身上骄傲的小小环菌
甚至爱上那湿冷的泥土。亲爱的,
记得它是我们命定的归宿。

我爱上所有朽坏之物:
地里变黑腐烂的马铃薯
霜打发红的枝上
锈色苦涩的球芽甘蓝。
老鼠啃坏的蓟根
湿沙深处酣眠的蚬贝
沉睡地底的种子——

我有点爱上死亡。

我所忧心的并非万物的没落,也不是
所谓春日的复苏——耸耸肩东山再起
重拾生机,走在"希望的田野"上——
而是疑虑:我们会不会
被太阳的热情谄笑迷惑
除下雪氅,掀开天堂鸟群
抖落的冰羽绒褥,远远甩开它
如同抛却一冬的阴郁。

诗

一天
有只疲倦的小鸟
落在
我的窗棂。
不知它从何而来
不知它离开屋檐的庇护
又飞向何方。

从极北荒原来的
短尾精灵
小心翼翼地
依偎在我的臂弯
一点点恢复精力
放声婉转啼鸣
音符载我驶进
梦的疆域

不辨东西南北
不知其所何往
白天黑夜。
歌声生自远方
月亮之东
太阳以西
长满蔓越莓的果园……

清晨我醒来,已不见鸟儿踪影
浑然不觉它何时离开。
我推开窗扇
在窗台放上
一钵清水
一碟裸麦。

香农河的欢迎词[①]

鲑鱼腾跃

刺破黑暗

鳞片出鞘

银盾闪烁

我张网迎接

湿滑,密布海藻

静水幽深

鳗尾隐现。

这鱼

全部可食

少骨,内脏也不多

二十磅的纯粹力量

肌肉紧括

[①] 香农河为爱尔兰第一大河,每年有大量鲑鱼从大西洋洄游溯流而上产卵。

指向
净苔掩蔽的巢穴。

我为我的爱人
轻吟一首安眠曲
一波接一波
一阕连一阕
点点磷火作床褥。
我早已将你选中
从千里之外。

屯　湖

奥宁镇的后面
山间谷地里
有一道黑色悬崖俯瞰屯湖
和一幅落进斯格拉德溪的瀑布。

我们跋涉，我和丈夫
加上两个孩子
足足三里崎岖山路
才到谷底。

我们一路看见山鹬
和沼地植被：乳草、
能催牛产奶的远志、
和娇小的捕蝇堇。

我们把孩子抱在臂弯

跳过稀软的泥坑
他们开始厌倦了长征
央求我讲个故事。

"妈妈,我们要听更多
我们自己的老故事
和祖先的掌故。"
于是我开始讲:

"那时候,魔法还笼罩爱尔兰
每只绵羊都有两个头;
铁匠那头母牛永不枯竭的乳汁
还没被挤进筛子作底的奶罐。①

那时候,大沼泽里长着千年古橡
菲拿好汉们逐鹿四方。
爱尔兰仍然只属于她的儿女②
拉弗里长着两只马耳。"

---

① 这里指民间传说铁匠果弗纽(Goibniu)拥有的一头奶汁永不断绝的母牛,后来被巴洛尔(Balor)夺走。铁匠的兄弟为了追回母牛,闯进巴洛尔用来禁锢其女儿的城堡,并与其女儿生下三子,该三子长大后果然如预言所说杀死了自己的外公巴洛尔。

② 原文"爱尔兰依然属于卡其·尼古菲尔(Cáit Ní Dhuibhir)",卡其·尼古菲尔是芒斯特民谣里的形象,寓意爱尔兰民族。

孩子们听得认真。还得好些时日
他们才分得清心灵和头脑
现实、征兆和预言
或者虚拟式和过去时。

我们向前,碰见
一座史前巨石墓
两堵楔形石壁,整块巨岩盖顶
旁边还有一个废炊坑。

我说:"当芬和菲拿好汉
在爱尔兰驰骋狩猎时
他们一天只在黄昏
吃一顿饭。

随从为他们燃起熊熊篝火
在火旁挖两个坑
一个供好汉们洗澡
另一个用来煮食。"

我还讲了好多故事,关于麇子、
红耳猎犬和宝冠雄鹿
公牛、野猪、狼和利爪的狮鹫

穿行于古老的迷雾。

我为他们历数猎手们追逐的
禽鸟名字
斑点山雉,长喙丘鹬
和林间信步的松鸡。

我们继续前行,然后
找片山坡坐下
从这里屯湖、小岛
和上面的铁器时代堡垒尽收眼底。

现在没必要再编故事安抚孩子
他们的想象力自然破茧而出。
巨人、僧侣和红枝武士
挤坐在同一张长凳。

湖水黧黑,幽深浑浊
富含泥沼的腐殖质
好像随时会有一头远古巨兽
从深渊跃出把我们吞噬。

一道激流从半空悬下,幼年的奥斯卡

曾在旁边一块石板下躲藏
不愿听群殴喧哗，可他还是忍不住
纵身断喝："俺也来凑个热闹！"

这时刮起寒风
大家饥火中烧
沿路折返途中
有人满腹牢骚。

丈夫用母语嘀咕着：
"别跟诗人打听去巴格达的路。
她的奇思异想会蹦上月亮
然后回头把你领进泥潭。"

我承认这次远征是艰苦了点
道路湿滑
还有人不慎踩进泥坑
一路陷到腿弯。

可我们毕竟看见了红腿的
山鸦，还有石栖鸟
乌鸦在耳边聒噪老久
我们仍不知所云。

我摘下一小片野百里香
民间叫"王子斗篷"
好让自己多铭记一刻
湖水散发的魔力。

在这黄昏时分,瀑布底下
四只中了魔咒的天鹅在游弋
——芬诺拉和三个弟弟——
而从脚下的山谷口

远远传来犬吠人声
像是牧人赶羊回家
或者说不定是菲拿好汉
正在围猎那头牝鹿?

媚芙宣战①

现在我要宣战
向全爱尔兰的男人
向街角的小伙子们
以及还躺在襁褓里的婴儿:
他们那话儿既不强硬似鞭
又不能驾驭女人
只好充起大男子的英雄豪气
吹嘘昨晚有希腊公主投怀送抱。
我要和他们决一死战。

我发动一场毫不留情的战争
永不投降,决不讲价
向那些能连喝二十杯的勇士

---

① 媚芙(Medb)是古代阿尔斯特故事里康纳赫特的王后,其勇敢和权谋远压丈夫国王阿里尔(Ailill)。媚芙不甘受男性压制,大胆果断,生性风流,长期和阿尔斯特的流亡贵族弗格斯(Fergus)私通。她看上了阿尔斯特珍贵的棕色公牛,便操纵发动了劫牛远征,最后己方联军惨败,公牛也自杀身亡。是为著名的长篇故事《夺牛记》(Táin Bó Cúailgne)之源流。故事对媚芙的强势多有微词,借文中人物之口评论说:"跟在母马屁股后面的马群必然没有好下场。"

那些胆敢坐在我旁边的板凳上
不加辩白,理直气壮
就把手伸进我的裙子
只为了找个借口
用蛮力屈服我肢体的家伙
我向他们决不手软地开战。

我将立即进军
爱尔兰广袤的沃野
我的战士们已披挂停当
我的女兵们已集结身旁。
出征不是为了劫牛
呐喊并非意欲夺牲
而是为了比财富宝贵千万倍的代价——
我的尊严。
我现在要和你们殊死搏斗。

库呼兰之二[1]

"妈妈,"库呼兰说,
"我要去参加少年团。
告诉我,他们在何处,
以及我怎么去那里。
我已经厌烦了待在
你生活的边缘,
当你们去喝酒的时候
像一个包袱被扔在酒馆门口,
向过往的火车扔石头
或者跟小孩子玩弹珠;
当你们宰牛的时候
只能在一边看着
或者观望圣约翰节

---

[1] 库呼兰是古代阿尔斯特故事中的英雄人物,少年时即神勇无比,离开母亲到都城去把贵族少年们组成的武团打得落花流水。他的生父一直是个谜,传说武神卢赫下凡夜访其母亲,国王之妹德赫蒂妮致其怀孕。

街上早早燃起的篝火。

但是,在我离开前,
你先把毛线活放下
少叼一会儿烟屁股
就告诉我一件事:
我的父亲是谁?"
德赫蒂妮,他的母亲
瞪大了眼望着儿子。
她张开嘴想说什么
可是又闭上嘴回归沉默。
任何一个体面的家庭妇女
都不会直接回答这种粗鲁的问题。
要是说了一个字,保不准
世界就此坍塌无存。

珀耳塞福涅[1]

妈妈,别担心我

也别发飙

尽管我承认我是大胆了些

没听你的话

去搭了那个黑瘦小伙子

的宝马兜风

他那么英俊,那么温柔

我怎么好拒绝他。

他带我出国旅行

去从未听说的地方。

---

[1] 珀耳塞福涅(Persephone)是古希腊神话里冥界的王后,主神宙斯和谷物女神得墨忒耳的女儿。她还是少女的时候,被冥王哈德斯掳走,得墨忒耳失去女儿后非常悲伤,使大地上万物停止生长。宙斯要求冥王归还珀耳塞福涅,但她被冥王哄骗已吃下六颗石榴籽,因此每年有六个月的时间必须待在冥界,在此期间得墨忒耳因思念女儿,万物又停止生长。相传这就是季节的起源。

他的座驾迅疾又平稳
我还以为它长了翅膀。
他承诺送我丝绸和天鹅绒的衣裳
而且——兑现
他对我殷勤体贴——只有一样不好
这儿的房子太阴暗。

他说我会当上他治下
所有疆土的女王
他会把我捧成明星
比好莱坞的任何人都当红。
他送我钻石,给我买喜欢的珠宝
但是饮食很寒酸。刚刚
他们才给我上了一个石榴。
它鲜红多汁,种籽饱胀

像千滴血珠。

美人鱼

"潮退了,"我说,
"我想要潮水再度涨起
掩盖这片荒芜的沙滩,
淹没岩石上攀爬的笠贝
和离水后焦渴的褐藻;
海带像羊皮纸一样枯干
沙蚕的粪堆让我反胃。"

潮起潮落
潮起潮落
潮起潮落再潮起,我想。
一切看起来都糟透了
不可能变得更坏。
可是我听见盖世太保式的腔调说
"我们总有办法叫你开口";
水位一降再降

浪花已经退出视线之外。

如果我身上有条鱼尾巴
看起来倒还有几分姿色。
我的长发金黄
鳞片闪烁银光
陆地上的女人绝没有这些。
她们的眼睛就像顽石
而如果仔细盯着
我的双眸
会看见鲟鱼
和壮硕的海豹
在我的瞳孔里
腾跃嬉戏。

我出水，上岸
并非毫无代价。
我凿断了
命运的锁链
我拿优美的泳姿
换回双腿
像杓鹬一样挪动
步步钻心。

请相信,我遵从的
是爱情而非上帝。

你离去
并带走我的魔法斗篷。
要多少磨难,才能找回它
它可不像故事里说的
就藏在橡梁间。
我就知道
哪怕向下直挖到黏土层
也没有它半点踪迹。
潮水也背弃了给我们的承诺
一只老鼠正在啃啮太阳。

不寻常的承认

一生中唯有那次
我从他们中的一个
探出一丁点儿口风
曾经有某种大清洗
横加在那些来自遥远彼乡的
异族身上。

当时我大概才十六岁
正在学习生物
和化学方程式。
我沉迷于生理结构和卫生学
脑袋里塞满商业
和计算机名词。

一天我散步到纳斯海岸
裤脚挽到大腿根

海浪把什么东西冲到我身后
我好奇地端详着
"汤马斯,看我捡到了什么鱼?
是狗鲨吗?"

正在挖沙蚕的老人停下
把铲子歇在海滩上。
黄的、绿的和棕的蠕虫
在面前的罐子里翻滚,闪光。
"那不是狗鲨,"他说,
"是斑海鲶,我们叫'白点猫'。"
他顿了顿,眯起眼左右扫视
神秘兮兮地压低声:

"地上每一种动物,"他说,
"在海里都有对应。猫啦,狗啦,牛和猪——
那里全都有。
甚至人嘛,海里也是有的。
我们管他们叫人鱼。"

一片荫翳掠过他湛蓝眼波
直通海底一双深穴。
我不知道是什么

在那幽冥处游弋。
当我回过神来,打算拿
化学、物理和深海探测的最新成果
灌满他的耳朵之前
他已转过身走开

把我扔在两重水间
沉浮挣扎。

水的记忆

有时候,当人鱼的女儿
在盥洗室里
用一把厚毛刷和苏打粉
清洁牙齿
她感觉整个房间
被什么灌满。

它从她脚底漫到脚踝
不停地涨啊涨啊
越过她的大腿、臀和腰。
用不了多久
它就没过了她的胳膊肘。
她常常弯下腰探进去
去捡些泡透了的
手巾啦,抹布啦什么的。
它们好像海藻——
长串的海带,从前

人们叫它"美人鱼之发"或者"狐尾"。
接着,高度突然下降
不一会儿
整个房间又全部变干。

这些感觉里总是
掺杂着丝丝恐惧。
直到生命尽头,她也不知道
该拿什么来与之比拟。
她根本找不出一个恰当的名词。
做每周一次的治疗时
她苦苦尝试
向心理医生完整而准确地
解释这些奇遇。

她不知道那个术语
或者可以指代的词
或者任何她能够表达于万一
到底什么是"水"的办法。
"一种透明的液体。"她笨拙地示意。
"不错,"医生说,"接着说!"
他鼓励她,诱导她组织词语。
她又试了一次。

"涓涓细流。"她这么描述
仔细而痛苦地搜刮着词汇。
"清澈的布匹,渗滴的轻纱,湿润的薄雾。"

医院里的人鱼

她醒来
鱼尾已经
消失无踪
而床上跟她一块儿的
是两条长而冰冷的东西。
你会以为它们是纠结的海草
或者一大块生肉。

"这绝对是
除夕夜狂欢的
荒唐后果。
一半的医生肯定
喝昏了头
另一半闹得太嗨
玩出了火。
这真是太过分了。"

她搬动那两条东西
慢慢挪出病房。

可是有些事情
她还是想不明白——
比如说,她是怎么
突然摔了个嘴啃泥?
这两条东西
跟她怎么扯上关系?
她跟它们
又是怎么连在一起?

护士给她提示
教她正确姿势:
"这是一条腿,接在这儿
还有另一条,也在下面。
抬左腿,然后右腿
一,二,一。
你得学着
用它们走路。"

在接下来那
漫长的月份里

不知道她的心可有
像她的脚跟和足弓一样
塌落?

人鱼与文学

尽管自从上岸起

他们就能用自己的语言读写

而且尽管孩子们都要学习这种语言

直至五十年代"新造岛事务部"

把岛上的学校关闭

(理由是担心塌方和滑坡)。

他们不曾真正拿起笔

投入到文学中去。

他们不曾创作,甚至不曾想过

自己要作为作者发声。

他们对将传统生活形诸笔墨的想法

嗤之以鼻

也从不愿拿他们来自的那个美丽、奇异的世界

换购面包。

《海底厨房》
《魔岛异域》
《泽国古事纪》
或者《人鱼自传》
是他们没有写下的其中几本书。

他们也深深后悔离开故土
抛弃昔日的生活；
然而他们并没有怨艾
因为他们再清楚不过
没有回头路可走。
哪怕那些回忆将永远逸失
不管如何
他们不会写作诗歌或檄文
为过去唱颂歌。

他们把这份责任
留给了布拉斯奇群岛[①]的人们。

---

① 位于丁格尔半岛以西。

人鱼的创世神话

绝大部分族人

已经没有一丁点儿概念

最初到底是什么

使他们上岸定居。

当时大家在逃避什么;

他们所知也就仅限于此。

不过,他们有一套神话解释:

传说他们的领袖得到上帝指引:

"把你的杖举起,向海

伸出手来,把海分开。"

神的旨意如此,他就照吩咐做了。

神的鼻孔呼出一阵劲风

让海水分成垣墙

波涛退为干地。

水就分开两边让全族人徒步

踏在海底的干地上。
水在他们左右作了墙垣。

然后他又伸出手
海水再度合拢。
在后追赶的敌人
悉数淹毙,没剩下一条活口
把故事讲述。
追兵慌不择路,投身深渊
像一麻袋铅块一样
扑通直沉到底。
大海将他们囫囵吞下
碾成碎末,叫他们葬身鲸腹。
敌人从哪里来
属什么民族,甚至
当初为什么要追杀他们?
现在已经无人知晓。

神话还提到云柱火龙
这使得一些学者推断
这则神话完全是基督教的衍生物
根据《出埃及记》改编。

另一些人则持不同观点:
一直都有各种版本的同类神话流传
基督教不过是采用了这个母题
加以发挥罢了。

我没法判断。
某种程度上
我不相信这个神话,可是
就像关于他们的许多异事一样
我也无法证伪。
不管怎么说,它总有个事实基础
哪怕他们讲述的其他故事全是胡扯。

人鱼和敏感词

别跟她提"水"这个词
或者任何跟海有关的字眼:
"波涛""潮汐""浩瀚""汪洋",甚至"沧浪"。
她痛恨别人提起捕鱼、船只、拖网、鱼竿和虾笼
好比憎恶六月降霜。
尽管她知道那些东西就在世上
许多人靠它们活命。

她以为只要闭起眼睛,转过头去
就能免受滋扰
就不会听见深夜里海马嘟儿嘟儿地嘶叫
宣示自己跟她不可割断的血缘
把她从熟睡中惊醒
浑身起粟,冷汗直冒。

她唯一的噩梦就是

回忆起
上岸获得重生之前
的水下生活。她矢口否认
自己跟海底有半毛钱关系:
"对那些迷信玩意儿啦,
老顽固的一套啦,
我从来就不感兴趣。
新鲜空气、知识、科学的明灯
才是我渴求的。"

不关我的事,但
我恰巧识破了她的谎话。

民俗学系的档案库里
收藏着一整套
她的手迹
海水作墨,鱼翅当笔
写在一长卷海带上。

十三个长故事
和一些零散的篇章
以及古老的符咒、祷文、谜语等等
荟集成册。

大多数是从她的父亲
和祖母那儿继承而来。
她推脱得一干二净:
"那些是以前上小学的时候,
先生布置给我们的作业,
必须得完成,逃不掉的。"
她宁可七窍流血
也不愿意承认当初
参与其中。

人鱼和传染病

他们中有许多人
不能完全适应
生活的转变。
他们既没有能力也缺乏意志
跟上潮流的步伐。
恶疾侵袭他们
每一种流行的传染病
都席卷全族。

击倒最多人的
莫过于淋巴结核。
大批的人，包括强壮的青年
都死于腮腺炎、麻疹、霍乱和疟疾。
当今的流行病学家
称他们为"处女地人群"。
但是那个时候大家的理解

是遭受了精灵的诅咒。

到处都是符咒和禁忌。
如果同一个镇子上
有三个女人同时怀孕
有预言说,一年之内
其中一个肯定会染病身亡
埋骨黄土。

我曾祖母身上就发生过这种事。
她丈夫的叔叔,"妖精们的"汤马斯
据说他常深夜外出
去会晤精灵。
他老早就警告说
三个月内本地必有大祸:
"我已经尽力阻止,可是没有用。"

他没有告诉人们
三个女人中哪一位会遭受不幸
直至她死去。

后来类似的事件又降临在她女儿
我祖母的长姐头上。

她正当年华，美艳无双
出落得水灵动人。美得令人羡嫉。
刚从教堂出来，她毫无预兆地摔倒
刹那间枯萎凋亡。
她才十九岁。
无论牧师怎么解释
祖母直至生命尽头
都执着地相信
掳走她的就是精灵。

人鱼重生

一切往事之中,她最常想起的
是原初的幽闭。
她那么小,那么小,像
针尖上群集的天使中一员;
像那些蚊蠓一样围绕我们飞动
催人瞌睡的密密麻麻的死魂灵
中的一个,一根草尖挂着的
露珠里面足够住下他们一支大军。

一眨眼间她已经这样大,这样大
能够毫无滞碍地穿过大理石的殿堂
走向光明;欢愉的眩晕
一波又一波袭来,叫她激动得颤抖。
她从肌肉深处而非想象里品尝快乐。
以身体取代智识记忆。指尖开始感觉到
阵阵麻痹,舒爽的阵痛

夹杂恐惧从脚底奔流到头顶。

她战栗起来。

这感受独一无二。

它不自然,跟此世如此脱节。

超现实,大概可以用这个词形容,或者
"Unheimlich"[①]。

她不需要什么全息精神分析疗法

就能轻易地触碰到这记忆的根本。

它已经渗透了她每一缕灵魂,每一个细胞。

---

① 德语,意为"诡异"。

语言问题

我置希望于语言的小舟
任它顺流而下。
如你会将婴孩
放进用茑尾花叶
紧密编织的摇篮,
再用沥青和树脂
把船底涂抹封上;

然后把它推入
河畔的芦苇丛
香蒲簇拥。
看水流将它
带往何方,
看法老的女儿
会否再来
拯救摩西。

Ceist na Teangan

Cuirim mo dhóchas ar snamh

i mbáidin teangan

faoi mar a leagfá naíonán

i gcliabhán

a bheadh fite fuaite

de dhuilleoga feileastraim

is bitiúman agus pic

bheith cuimilte lena thóin.

ansan é a leagadh sios

i measc na ngioicach

is coigeal na mban sí

le taobh na habhann.

féachaint n'fheadaraís

a dtabharfaidh an sruth é,

féachaint, dála Mhaoise,

an bhfóirfidh iníon Fhorainn?

附录：译诗原文标题

拉比示答 / Leaba Shioda

我们有罪了，姐妹们 / Táimid damanta, a dheirféaracha

莫尔受难 / Mór Cráite

父　亲 / Athair

母　亲 / Máthair

狐　狸 / A Mhaidrín rua

在异乡流产 / Breith anabaí thar lear

孕育之四 / Toircheas IV

哺　育 / Ag cothú linbh

城市烛光 / Connle Cathrach

僧　侣 / Manach

骨　头 / Cnámh

夜　渔 / Iascach Oíche

岛　屿 / Oileán

旅　途 / Turas

晨　歌 / Aubade

破娃娃 / An bhábóg bhriste

奇　草 / Féar Suainthinseach

我的挚爱 / Mo mhíle stór

流　沙 / Gaineamh Shúraic

窄　巷 / An Bóithrín Caol

坛　城 / Mandala

音　乐 / Ceol

树 / An Crann

花　儿 / Bláthanna

花　姬 / Blodewedd

你 / Túsa

凯特琳 / Caitlín

开　棺 / Oscailt an Tuama

致梅丽莎的诗 / Dán do Mhelissa

冬日海滩 / Tráigh Gheimhridh

李尔的孩子们之死 / Oidhe Chlainne Lir

芬诺拉 / Fionnuala

节　庆（组诗）/ Feis

航　行（组诗）/ Immram

圣诞晚餐 / Dinnéar na Nollag

纪念埃莉·尼高纳尔（1884—1963）/ In memoriam Elly Ní Dhomhnaill（1884—1963）

山楂树 / An Sceach Gheal

可怖的艾妮 / Eithne Uathach

卡宾梯利即景 / Radharc ó Chábán tSíle

黑　暗 / Dubh

黑王子 / An Prionsa Dubh

海　马 / An tEach Uisce

圣　伤 / Stigmata

我坠入爱河 / Titim i ngrá

诗 / An Fhilíocht

香农河的欢迎词 / Fáilte bhéal na Sionna don iasc

屯　湖 / Loch a'Dúin

媚芙宣战 / Labhrann Medb

库呼兰之二 / Cú Chulainn II

珀耳塞福涅 / Peirsifine

美人鱼 / An Mhaighdean Mhara

不寻常的承认 / Admháil Shuaithinseach

水的记忆 / Cuimhne an Uisce

医院里的人鱼 / An Mhurúch san Ospidéal

人鱼与文学 / Na Murácha agus an Litríocht

人鱼的创世神话 / Bunmhiotas na Murúch

人鱼和敏感词 / An Mhurúch agus Focail Áirithe

人鱼和传染病 / Na Murúcha agus Galair Thógálacha

人鱼重生 / An Mhurúch ina hAthbhreith

语言问题 / Ceist na Teangan

关于作者：

诺拉·尼高纳尔 (Nuala Ní Dhomhnaill)，生于1952年，当代爱尔兰语诗歌的领军人物，其创作融合了古代神话、民谣乡俗和现代思潮，诗歌语言丰富细腻，擅长叙事，极具张力。曾担任国家诗歌教授及圣三一学院首任爱尔兰语诗歌教授，作品常被选入爱尔兰高考题目，被翻译成多种文字。

关于译者：

邱方哲，牛津大学凯尔特学硕士，科克大学中古爱尔兰语博士，主攻爱尔兰语言史、中世纪法律与诗歌，现任职于爱尔兰梅努斯大学。通晓爱尔兰语、威尔士语等多种语言，著有《亲爱的老爱尔兰》，业余撰写介绍中世纪趣史的专栏。